Naïlle Lorant

ÉTONNANTS • CLASSIQUES

MATHESON

Au bord du précipice et autres nouvelles

Traduction par
JACQUES CHAMBON et HÉLÈNE COLLON

Présentation, notes, chronologie et dossier par
PHILIPPE LABAUNE,
professeur de lettres

GF Flammarion

Du même auteur
dans la même collection

Enfer sur mesure et autres nouvelles

Édition revue, 2007.
ISBN : 978-2-0812-0510-9
ISSN : 1269-8822

SOMMAIRE

Au bord du précipice
et autres nouvelles

■ Richard Matheson.

Richard Matheson, un auteur inclassable

Vous ne connaissez pas Richard Matheson ? Vous en avez pourtant déjà entendu parler. Son nom vous a peut-être échappé au générique de certains films hollywoodiens, comme *L'homme qui rétrécit* (1957) [1], réalisé par Jack Arnold, chef-d'œuvre d'effets spéciaux de l'époque, ou *Duel* (1971), qui fit connaître Steven Spielberg. Vous avez probablement déjà vu un épisode de la série télévisée *La Quatrième Dimension* (1959-1964) [2] sans savoir qu'il en était l'un des fidèles scénaristes, ou regardé un épisode de *Star Trek* (1966-1969) ou de *Dossiers brûlants* (1983), aux scripts desquels il a également participé.

Si vous parvenez à le situer, vous êtes certainement loin de le cerner complètement, tant l'homme est insaisissable : célèbre et discret, « touche-à-tout » selon certains critiques, écrivain populaire publié dans des magazines de grande diffusion, auteur étudié à l'école et à l'université, inclassable, présent aussi bien dans une anthologie de science-fiction que dans une étude consacrée au fantastique, et pourtant inlassablement fidèle au même

1. Les dates que nous indiquons sont celles des parutions des versions originales.
2. La série a été diffusée en France en 1984. Après la mort, en 1975, de Rod Serling, son concepteur et l'un de ses scénaristes, la série connaît deux prolongements : elle renaît sous le même nom en 1985 (la série est diffusée en France en 1986 avec le titre *La Cinquième Dimension*), après avoir fait l'objet d'un long métrage en 1983, *La Quatrième Dimension*, avec un scénario de John Landis et Richard Matheson.

scénario, le sien : celui d'un individu isolé tentant de survivre dans un monde hostile.

Qui est Richard Matheson ?

Né de parents norvégiens arrivés aux États-Unis chacun de son côté, au tout début du XXe siècle, Richard Matheson passe son enfance dans le New Jersey (État de l'est des États-Unis). Il signale lui-même combien son environnement familial surprotégé a favorisé chez lui l'« épanouissement d'un point de vue paranoïaque sur les choses[1] ». Très tôt l'écriture lui apparaît comme un refuge pour pallier le sentiment d'angoisse qui le submerge et la littérature comme une manière d'échapper à la sensation de danger que provoque en lui le monde extérieur. À l'université du Missouri (État du centre des États-Unis), où il est inscrit pour préparer une carrière de journaliste, il participe à des ateliers d'écriture de nouvelles. À cette époque, il rédige des lettres d'admiration à l'attention d'un célèbre auteur américain de science-fiction, Ray Bradbury, auquel il fait part de son désir de devenir écrivain.

Lorsque, jeune diplômé, il quitte l'université, les magazines américains de *fantasy* et de *science-fiction* sont en plein essor et publient des nouvelles d'horreur (*pulps*), de fantastique et d'anticipation très populaires. Les revues les plus célèbres sont alors *The Magazine of Fantasy and Science Fiction*, *Galaxy*, *Ellery Queen's Mystery Magazine* et, bientôt, *Alfred Hitchcock's Mystery Magazine*.

En 1950 paraît la première nouvelle de Matheson, traduite sous le titre « Né de l'homme et de la femme », puis « Journal d'un monstre », qui rencontre un vif succès. Dès lors Matheson ne cesse de publier : soixante-dix nouvelles environ, quelques romans – dont le célèbre *Je suis une légende* (1954), considéré

1. Voir l'adresse « Au lecteur » figurant dans le cinquième volume de ses nouvelles, *La Touche finale*, Flammarion, coll. « Imagine », 2001, p. 395.

par la critique américaine comme une œuvre de science-fiction, et trois récits policiers, parmi lesquels *Les Seins de glace* (1953), adapté au cinéma en 1974 par le cinéaste français Georges Lautner. La plupart des nouvelles paraissent d'abord dans différents magazines, notamment dans le célèbre *Playboy*, pour les dernières.

En 1956, Matheson regarde du côté des studios hollywoodiens. Depuis son plus jeune âge, il aime le cinéma. En publiant son roman *L'homme qui rétrécit* cette année-là, il espère attirer les producteurs par l'univers très visuel qu'il décrit. Son but est de vendre son histoire pour l'écrire en scénario, ce qu'il fait l'année suivante lorsque Jack Arnold réalise le film. Parallèlement à son activité d'écrivain, Matheson commence une carrière de scénariste pour le cinéma et la télévision.

Il collabore ainsi à l'adaptation filmique d'œuvres du patrimoine littéraire – et plus précisément fantastique – mondial : en 1960, il est le scénariste d'une série télévisée de Roger Corman consacrée à Edgar Poe ; à cette occasion, il participe à la version filmée de « La Chute de la maison Usher », du « Puits et le Pendule » et du « Corbeau ». En 1973, il écrit l'adaptation pour la télévision du roman de Bram Stoker, *Dracula*.

En outre, il reprend certaines de ses nouvelles pour la télévision, parmi lesquelles « Appel longue distance » et « Le jeu du bouton », qui deviendront des épisodes de *La Quatrième Dimension*, et travaille pour la série *Star Trek* et pour les *Dossiers brûlants*.

En 1971, il est au côté d'un jeune réalisateur américain, Steven Spielberg, pour le tournage de *Duel* tiré de sa nouvelle du même titre. Ce téléfilm est ensuite exploité en salles dans une version longue et connaît un grand succès. Sa dernière collaboration pour le cinéma date du film *Hypnose* de David Koepp (1999), tiré de son propre roman *Échos* et qu'il a scénarisé.

Aujourd'hui, Richard Matheson vit avec sa femme à Calabasas, en Californie (État de l'ouest des États-Unis). Son fils, Richard Christian, est également scénariste et écrivain.

Cinq nouvelles entre tradition, suspens et paranoïa

Ce volume rassemble cinq nouvelles écrites entre 1952 et 1970, qui témoignent de la diversité du talent de Richard Matheson. Au-delà de leurs différences, elles offrent une unité dans le renouvellement des thèmes traditionnels du fantastique et du roman policier. Toutes usent d'un art du suspens et présentent des héros en proie à une paranoïa aiguë, motif cher à Matheson et constitutif d'une grande partie de son œuvre.

Le renouvellement de la tradition

À la lecture des cinq nouvelles réunies dans ce volume, les amateurs de fantastique ou de « polar » se retrouvent en territoire apparemment connu. D'emblée, l'ancrage des récits dans un univers réaliste amène le lecteur à adhérer à l'histoire : cadre dynamique stressé qui fait une pause à midi dans un café (« Au bord du précipice ») ; pension de famille américaine où réside un veuf récemment éprouvé qui occupe son temps à visiter un musée (« Paille humide ») ; vieille fille malade assistée par une infirmière et qui attend la mort (« Appel longue distance ») ; jeune couple au supermarché à la veille de Noël (« J'veux voir le Père Noël ») ou importuné par un démarcheur à domicile (« Le jeu du bouton »). Le cadre des petites villes des États-Unis est rapidement dessiné et les personnages vite campés : ce sont des Américains de la classe moyenne, des individus auxquels le lecteur s'identifie aisément.

Cependant dans cet univers connu interviennent un certain nombre de phénomènes qui déstabilisent les personnages, troublent leur univers familier et inquiètent le lecteur : appels étranges depuis un téléphone reconnu en dérangement ; sensations bizarres qui convoquent le passé et raniment une femme morte ; scénario de meurtre prémédité qui ne se déroule pas comme prévu ; existence incroyable d'un double de soi ; mystérieuse boîte à bouton, anodine et vide et pourtant meurtrière. Tous les repères réalistes s'écroulent, faisant place à un sentiment croissant d'étrangeté.

L'effet fantastique traditionnel réside dans l'hésitation quant à l'interprétation à donner à ces événements étonnants. Chez Matheson, ils peuvent tous recevoir une explication rationnelle qui renvoie à la pathologie des personnages malades et déprimés (« Paille humide », « Appel longue distance », « Au bord du précipice ») ou à la présence de coïncidences (« Le jeu du bouton »). Cependant cette interprétation n'est pas entièrement satisfaisante et ouvre le champ à des suppositions d'ordre surnaturel : retour de morts vivants, vampirisme, existence d'un univers parallèle.

Ainsi, dans ses nouvelles, Matheson réutilise-t-il les ficelles traditionnelles du récit fantastique reposant sur des effets de réel, la survenue d'événements étranges et l'hésitation entre les deux explications qu'ils peuvent recevoir. Mais son originalité réside dans l'actualisation des thèmes de la tradition fantastique, qui s'apparente parfois à un jeu sur les stéréotypes. Si « Paille humide » met en scène le retour de la morte vivante, c'est par l'intermédiaire d'un jeu presque proustien de sensations qui ravivent les souvenirs lointains et par la fascination pour la mort qu'éprouve le veuf au point de se supprimer. « Appel longue distance » est également une variation sur le thème du fantôme, mais la voix d'outre-tombe parvient à l'héroïne par l'intermédiaire du téléphone et d'une ligne électrique abîmée par la tempête et dont un fil est tombé sur le sol d'un cimetière. « Au bord du précipice » renouvelle le motif du double qui s'exprime lui aussi par le téléphone. Enfin, « Le jeu du bouton » raconte l'histoire d'un pacte et d'un maléfice, mais le diable n'est qu'un démarcheur à domicile, et le pacte qui lie la victime à son bourreau reste implicite. C'est en jouant sur les clichés du fantastique et en les réactualisant dans le quotidien de l'Amérique du milieu du XXe siècle que Matheson renouvelle le genre.

L'art du suspens

Les cinq récits de Matheson se déroulent sur une courte durée, de quelques heures à quelques jours. Leur tension dramatique repose sur une technique commune fondée sur le point de vue. Bien qu'aucune nouvelle ne soit racontée à la première personne, le narrateur nous donne à lire ce que perçoit et ressent le personnage principal. Dans « Paille humide », c'est par les yeux du veuf que nous appréhendons les hallucinations dont il est victime. Dans « Appel longue distance », nous suivons les extrapolations de Miss Elva Keene. Toute l'intrigue de « J'veux voir le Père Noël » nous est révélée par Ken, qui l'a manigancée. « Au bord du précipice » nous installe dans l'intimité des pensées de Donald Marshall, et « Le jeu du bouton » restreint progressivement le champ de notre perception à celui de Norma Lewis.

Cette technique permet une identification du lecteur aux personnages et son adhésion aux angoisses qu'ils développent ; c'est une première source de suspens. Dans « Paille humide », nous vivons avec le personnage des moments de tension et de relâchement. Les nouvelles jouent sur la répétition des facteurs d'angoisse ou, comme dans « Au bord du précipice », sur la révélation progressive du dédoublement.

Par ailleurs, la réalité extérieure, étant connue uniquement à travers l'interprétation qu'en donnent les personnages, ne nous est pas accessible dans sa totalité. Et cet écart entre réalité et perception subjective de la réalité est également source de tension et participe au suspens.

Dans la nouvelle policière « J'veux voir le Père Noël », le suspens revêt une autre dimension. Il naît d'abord d'une dissémination des informations qui nous dévoilent au fur et à mesure la machination de Ken et son intention de faire tuer sa femme sur le parking. Ces éléments connus, nous entrons vraiment dans le suspens au sens qu'Hitchcock donne à ce terme. Dans la célèbre interview réalisée par Truffaut (1962), le cinéaste distingue surprise et suspens : la surprise consiste en la mise en images d'un événement inattendu ; pour qu'il y ait suspens, le réalisateur prend soin d'informer le spectateur de ce qui va se produire. Ayant créé une situation d'attente de l'événement, il ne reste plus qu'à retarder son déclenchement pour obtenir une tension dramatique. C'est ce que fait Matheson en étirant la durée de la visite de Ken et du petit Richard au Père Noël.

Le suspens s'installe enfin dans une série de contrastes qui mêlent l'angoisse intérieure des personnages à une atmosphère extérieure plus détendue : dans « Appel longue distance », Mrs. Phillips, « l'opulente matrone » infirmière, s'oppose par son caractère rassurant à la vieille fille anxieuse. La longue marche de Ken et de Richard dans « J'veux voir le Père Noël » se déroule dans l'atmosphère festive de Noël, ponctuée de chants traditionnels et d'illuminations colorées.

Si toutes les nouvelles usent du suspens, elles présentent aussi une unité dans les personnages paranoïaques qu'elles donnent à voir.

La paranoïa

Il faut bien l'admettre, les héros de ces nouvelles sont des paranoïaques. Cette pathologie correspond à des troubles caractériels manifestant des délires d'interprétation. Matheson la définit lui-même comme « un trouble mental caractérisé par un délire systématisé avec projection de conflits internes attribués à l'hostilité supposée d'autrui[1] ».

L'agression venue du monde extérieur se manifeste dans chacune des nouvelles : odeurs, lumière, coups de fil intempestifs, inconnus... Chaque personnage se sent importuné, agressé, harcelé et fait figure de victime. Ce qui le caractérise, c'est sa souffrance, qui se manifeste physiquement par des moiteurs et des troubles divers.

Commence alors un délire d'interprétation aux dépens de la réalité, laquelle devient aussi fausse que « la barbe atrocement fausse » du Père Noël et le « simulacre de perron » du décor de « J'veux voir le Père Noël ». Les héros se mentent à eux-mêmes, affabulent, et leurs délires nourrissent chaque nouvelle, tantôt empruntant les stéréotypes littéraires (maléfices, morts vivants et univers parallèle) tantôt trahissant leur frustration.

La solitude est un autre trait commun à nos héros. Veuf, vieille fille ou conjoints insatisfaits qui prennent conscience de leur solitude au sein de leur couple : dans « J'veux voir le Père Noël », Ken rêve de quitter sa femme pour sa maîtresse Rita ; le héros de « Au bord du précipice » est confronté à sa femme qui lui demande : « Qui êtes-vous ? » Quant à Norma, l'épouse dans « Le jeu du bouton », elle doit affronter la terrible question du démarcheur : « Êtes-vous vraiment sûre que vous connaissiez votre mari ? »

Malgré cette solitude et ce sentiment permanent d'agression et d'angoisse, les héros des nouvelles de Matheson essaient de

1. *La Touche finale*, *op. cit.*, p. 394.

survivre. Ken, le personnage de « J'veux voir le Père Noël », est le seul à tenter de réaliser un fantasme – se débarrasser de sa femme –, mais il sera victime de du cupide homme de main qu'il a recruté. Les autres luttent contre les signes extérieurs qui les menacent : combat acharné contre la mort pour Miss Keene dans « Appel longue durée », lutte contre le passé pour le veuf de « Paille humide », ou contre une angoisse de dédoublement pour Donald Marshall, le héros de « Au bord du précipice » (qui vérifie lui-même toutes les informations connues de son interlocuteur et retourne chez lui pour se rassurer). Même le couple du « Jeu du bouton » cherche un moment à résister au maléfice.

Matheson met en scène des individus en proie à la paranoïa, souffrants et solitaires, mais qui, pour survivre à leurs délires, empruntent la même voie, se racontant des histoires insolites et épouvantables...

CHRONOLOGIE

XXe siècle

- Repères historiques et culturels
- Vie et œuvre de l'auteur

Repères historiques et culturels

1927	Lindbergh, aviateur américain, effectue le premier la traversée sans escale de l'Atlantique, d'Amérique en France.
1929	Crise économique déclenchée par le krach boursier de Wall Street. Née aux États-Unis, elle a rapidement des répercussions en Amérique latine et dans plusieurs pays européens (France, Allemagne, Grande-Bretagne).
1933	Pour remédier à la crise de 1929, F.D. Roosevelt lance un programme économique appelé *New Deal* (« nouvelle donne »). En Allemagne, Hitler devient chancelier le 30 janvier.
1939	Steinbeck, *Les Raisins de la colère*.
1940	L'auteur américain Alfred E. Van Vogt publie *À la poursuite des Slans*.
1941	Attaque japonaise de la base navale américaine Pearl Harbor qui décide les États-Unis à entrer dans la guerre contre les pays de l'Axe (Allemagne, Italie et Japon), aux côtés des Alliés (France, Grande-Bretagne, URSS, Chine).
1942	Isaac Asimov, *Fondation*.
1942-1945	Les pays de l'Axe subissent plusieurs revers. Libération du Pacifique et de l'Europe de l'Ouest, grâce aux interventions américaines. Les bombardements d'Hiroshima et de Nagasaki par l'aviation américaine amènent la capitulation du Japon. En février et juillet 1945, les conférences de Yalta et de Potsdam préparent la réorganisation du monde.

Vie et œuvre de l'auteur

1926 Naissance de Richard Matheson dans le New Jersey. Son père et sa mère sont des immigrés norvégiens arrivés aux États-Unis au début du siècle.
L'enfant vit dans une famille extrêmement soudée mais sans relations de voisinage. Sa mère l'élève dans l'« ignorance du monde extérieur » et se réfugie dans la religion, son père dans l'alcool. Il publie quelques histoires et poésies dans le journal local, *The Brooklyn Eagle.*

Repères historiques et culturels

1947	Rupture des États-Unis avec l'URSS (guerre froide). Début du « maccarthysme » : le sénateur américain McCarthy mène des campagnes anticommunistes acharnées (« chasse aux sorcières » contre des personnalités politiques et intellectuelles suspectes de sympathies communistes).
1950	Ray Bradbury, *Chroniques martiennes*.
1952	Eisenhower est élu président des États-Unis.
1953	Ray Bradbury, *Fahrenheit 451*.
1954	Fredric Brown, *Martiens, go home !*
1956	Philip K. Dick, *Minority Report* (adapté en 2002 au cinéma par Steven Spielberg).
1957	L'URSS lance dans l'espace le premier satellite artificiel (Spoutnik). Elle est suivie un an après par les États-Unis qui envoient également leur satellite dans l'espace.

Vie et œuvre de l'auteur

1943 Matheson entreprend des études de journalisme. Il est inscrit à l'université du Missouri où il participe à des ateliers d'écriture de nouvelles.

1944-1947 Il effectue son service militaire en Europe.

1950 Il publie son premier texte, une nouvelle, dans le *Magazine of Fantasy and Science Fiction*, traduite en français sous le titre « Né de l'homme et de la femme » puis « Journal d'un monstre ». Le succès est immédiat. De 1950 à 1970, ses nouvelles paraissent dans différents magazines américains et seront traduites dans de nombreuses langues.

1951 Matheson quitte l'Est américain pour s'installer en Californie.

1952 Il se marie. Sa nouvelle « Paille humide » (« Wet Straw ») paraît dans le magazine *Weird Tales*.

1953 Il publie sa nouvelle « Appel longue distance » (« Long Distance Call ») dans le magazine *Beyond Fantasy Fiction*.

1954 Il écrit son roman *Je suis une légende*. La critique américaine le consacre comme un auteur de science-fiction.

1956 Il compose un nouveau roman, *L'homme qui rétrécit*, qu'il adapte l'année suivante lorsque Jack Arnold réalise le film.

1957 La nouvelle « J'veux voir le Père Noël » (« A Visit to Santa Claus ») paraît dans la revue *Alfred Hitchcock's Mystery Magazine*.

Repères historiques et culturels

1959	Le premier secrétaire du parti communiste soviétique, Khrouchtchev, est en visite aux États-Unis. Philip K. Dick, *Jeu de guerre*.
1960	J.F. Kennedy est élu président des États-Unis.
1961	Construction du mur de Berlin. Le Polonais Stanislas Lem fait paraître *Solaris*.
1963	Assassinat de J.F. Kennedy. L.B. Johnson lui succède.
1965-1973	Guerre du Vietnam.
1968	Assassinat de Martin Luther King. R.M. Nixon est élu président des États-Unis. Il est réélu en 1972.
1970	Robert Silverberg, *La Tour de verre*.

Vie et œuvre de l'auteur

1958 Il publie sa nouvelle « Au bord du précipice » (« The Edge ») dans le *Magazine of Fantasy and Science Fiction.*

1959-1964 Devenu scénariste à Hollywood, il se consacre essentiellement au cinéma et à la télévision, publiant quelques nouvelles et romans.
Il collabore à la série télévisée de Rod Serling *The Twilight Zone*, traduite en français sous le titre *La Quatrième Dimension*, pour laquelle il adapte certaines de ses nouvelles dont « Appel longue distance » et « Le jeu du bouton ».
Durant cette période, il travaille également à une série consacrée à l'œuvre d'Edgar Poe et réalisée par Roger Corman.

1966 Il participe à l'écriture de scénarios pour la série télévisée *Star Trek.*

1970 Sa nouvelle « Le jeu du bouton » (« Button, button ») est publiée dans le magazine *Playboy*.

1971 Il adapte pour la télévision sa nouvelle « Duel », réalisée en film par Steven Spielberg.

1972 Il participe à l'écriture de scénarios pour la série télévisée *The Night Stalker*, traduite en français sous le titre *Dossiers brûlants.*

1973 Il réalise l'adaptation du roman *Dracula* de Bram Stoker pour la télévision.

Repères historiques et culturels

1974	Affaire du Watergate. R.M. Nixon démissionne. G. Ford lui succède.
1977	Steven Spielberg, *Rencontres du troisième type*.
1980	R. Reagan est élu président des États-Unis. Il est réélu en 1984.
1981	Steven Spielberg, *E.T.*
1982	Ridley Scott, *Blade Runner*.
1986	Scandale de l'Irangate.
1988	G. Bush est élu président des États-Unis.
1991	Guerre du Golfe.
1992	B. Clinton est élu président des États-Unis. Il est réélu en 1996.
2000	G.W. Bush devient président des États-Unis. Il est réélu en 2004.

Vie et œuvre de l'auteur

1978 *Au-delà de nos rêves* (roman).

1989 *Otage de la nuit* (roman).

1999 Il collabore au scénario du film *Hypnose* de David Koepp, tiré de son roman *Échos*.

2003 *La Traque* (roman).

Au bord du précipice
et autres nouvelles

Au bord du précipice

Il était presque deux heures de l'après-midi quand il parvint enfin à s'échapper pour aller déjeuner. Jusque-là, son bureau n'avait cessé d'être submergé de dossiers urgents, son téléphone de sonner et une armée de visiteurs insistants de donner assaut à ses murs. À midi, ses nerfs ressemblaient à des cordes de violon tendues à l'extrême. À une heure, les cordes étaient au bord de l'effilochage ; à une heure trente, elles commençaient à se rompre. Il lui fallait absolument partir, là, tout de suite, fuir vers quelque restaurant à la lumière tamisée, y prendre un cocktail et un repas au calme, sans se presser, en écoutant de la musique douce. C'était devenu indispensable.

Une fois dans la rue, il évita les établissements qu'il fréquentait d'ordinaire pour ne pas risquer d'y rencontrer des gens qu'il connaissait. À quelque cinq cents mètres de son bureau, il trouva un restaurant en sous-sol : *Chez Franco*. À sa demande, l'hôtesse d'accueil le conduisit à une table isolée au fond de la salle. Il commanda un martini, puis, dès que la jeune femme lui eut tourné le dos, il étendit ses jambes de tout leur long sous la table et ferma les yeux. Un soupir de contentement s'échappa de ses lèvres. Voilà ce qu'il lui fallait. Confort d'une légère pénombre, musique anonyme à la limite de l'audibilité, boisson éminemment curative[1]. Il soupira encore une fois. Encore quelques jours comme ça, songea-t-il, et je suis bon pour la casse.

1. ***Curative*** : capable de le guérir.

« Salut, Don. »

Il ouvrit les yeux pour voir un homme se laisser tomber sur le siège en face de lui. « Comment va ? demanda l'inconnu.

– Pardon ? » Donald Marshall regarda fixement son vis-à-vis [1].

« Bon Dieu, fit l'autre. Quelle journée. » Il eut un sourire las. « Pareil pour toi, je suppose.

– Je ne crois pas..., commença Marshall.

– Ah ! s'exclama l'homme avec un hochement de tête ravi au moment où une serveuse apportait le martini. Tout à fait ce qu'il me faut. Un autre s'il vous plaît. Plus sec encore.

– Bien, monsieur. » Et la serveuse de repartir.

« Ah ! reprit-il en s'étirant. Il n'y a pas de meilleur endroit que *Chez Franco* pour échapper à tout ça, pas vrai ?

– Écoutez, dit Marshall avec un sourire gêné, je crains qu'il n'y ait erreur sur la personne.

– Hmm ? » L'autre se pencha en lui retournant son sourire.

« Je crains, disais-je, qu'il n'y ait erreur sur la personne.

– Vraiment ? » Vague grommellement. « Qu'est-ce qu'il y a ? J'ai oublié de me raser ? J'en serais bien capable. Non ? reprit-il devant le froncement de sourcils de Marshall. Ma cravate est mal assortie ?

– Vous ne comprenez pas.

– Quoi ?

– Je... je ne suis pas celui que vous pensez.

– Tiens donc ? » L'homme se pencha de nouveau en plissant les yeux, puis se redressa en gloussant. « Qu'est-ce que c'est que ce gag, Don ? »

Marshall tripota le pied de son verre. « Oui, qu'est-ce que c'est que ce gag ? répliqua-t-il, cette fois d'une voix moins amène [2].

– Je ne te suis pas.

– Qui croyez-vous donc que je sois ? » Marshall avait légèrement haussé le ton.

1. ***Son vis-à-vis*** : la personne assise en face de lui.
2. ***Amène*** : avenante, agréable.

L'inconnu alla pour répondre, resta un instant bouche bée, puis reprit : « Qu'est-ce que tu veux dire ? Qui je crois que… » Il n'alla pas plus loin ; la serveuse apportait le second martini. Ils restèrent muets jusqu'à ce qu'elle soit repartie.

« Voyons ça, dit l'homme, soudain curieux.

– Écoutez, je n'ai pas l'intention de vous accuser de quoi que ce soit, mais vous ne me connaissez pas. Nous ne nous sommes jamais rencontrés.

– On ne s'est… ! » Interloqué, l'autre ne parvint pas à finir sa phrase. « *Je ne te connais pas ?* »

Marshall se résolut à prendre les choses du bon côté. « Vraiment, c'est risible », dit-il.

Sourire appréciatif de l'inconnu. « Je savais bien que tu me faisais marcher, avoua-t-il, mais… » Il secoua la tête. « Une seconde, j'ai failli m'y laisser prendre. »

Marshall reposa son verre. Sa peau commençait à se tendre sur ses joues. « Disons que ça suffit comme ça. Je ne suis pas d'humeur à…

– *Don*, interrompit l'homme. Qu'est-ce qui ne va pas ? »

Marshall inspira à fond et laissa l'air s'échapper par saccades de ses narines. « Bon, d'accord. Je suppose que c'est une erreur de bonne foi. » Il se força à sourire. « *Qui* croyez-vous que je sois ? »

L'homme regarda attentivement Marshall sans répondre.

« Eh bien ? » Marshall commençait à perdre patience.

« Ce n'est pas une blague ?

– Écoutez…

– Non, attendez, attendez, fit l'autre en levant une main. Je… suppose qu'il puisse exister deux hommes qui se ressemblent tellement que… » Il s'interrompit et regarda Marshall. « Don, tu ne me fais *pas* marcher, c'est sûr ?

– En voilà assez, à la fin !

– Bon, bon, je vous fais toutes mes excuses. » L'homme dévisagea Marshall un long moment, puis il haussa les épaules avec un sourire perplexe[1]. « J'aurais pourtant juré que vous étiez Don Marshall. »

Marshall eut l'impression que quelque chose de froid lui étreignait le cœur. « C'est bien mon nom », s'entendit-il dire.

Un ange passa. Les seuls bruits dans la salle étaient ceux de la musique et de l'argenterie manipulée en douceur.

« Qu'est-ce que c'est que cette histoire ? demanda l'homme.

– J'aimerais bien le savoir, dit Marshall d'une voix grêle[2].

– Tu... » L'homme le regarda attentivement. « Ce n'est pas une blague, c'est sûr ?

– Vous n'allez pas recommencer !

– Très bien, très bien. » L'homme leva les deux mains en un geste conciliateur[3]. « Ce n'est pas une blague. D'après vous, je ne vous connais pas. Très bien, admettons. Ce qui nous laisse avec *ceci* : un homme qui non seulement ressemble trait pour trait à mon ami mais a exactement le même nom. Une telle chose est-elle possible ?

– Apparemment. »

Marshall leva brusquement son verre et chercha une échappatoire momentanée dans le martini. L'inconnu fit de même. La serveuse s'approcha pour prendre leur commande. Marshall la pria de revenir plus tard.

« Comment vous appelez-vous ? demanda-t-il alors.

– Arthur Nolan. »

Marshall eut un geste ayant valeur de conclusion. « Je ne vous connais pas. » S'ensuivit un léger relâchement de tension au niveau de son estomac.

L'homme se laissa aller contre son dossier et regarda fixement Marshall. « C'est fantastique. » Il secoua la tête. « Absolument fantastique. »

Marshall sourit et contempla son verre.

1. ***Perplexe*** : indécis, embarrassé.
2. ***Grêle*** : faible.
3. ***Conciliateur*** : accommodant, arrangeant.

« Où travaillez-vous ? demanda le dénommé Nolan.

– À l'American-Pacific Steamship », répondit Marshall en relevant les yeux. Un début d'amusement s'infiltrait en lui. C'était assurément le genre d'incident qui vous faisait oublier les tracas de la journée.

L'homme l'examina avec une attention redoublée, et Marshall sentit son amusement s'évanouir.

Soudain, l'inconnu éclata de rire.

« Ben, mon vieux, t'as dû en baver ce matin, dit-il.

– Quoi ?

– Allez, ça suffit.

– Écoutez...

– Je me rends, dit Nolan avec un grand sourire. Tu finirais par me gâter mon gin.

– Écoutez-moi, bon sang ! »

Expression ahurie de l'homme. Sa mâchoire inférieure s'affaissa et il reposa son verre. « Mais enfin, Don, qu'est-ce qu'il y a ? demanda-t-il, l'air inquiet, cette fois.

– Vous ne me connaissez pas, articula soigneusement Marshall. Je ne vous connais pas. Voulez-vous avoir l'amabilité d'admettre cela ? »

L'homme regarda autour de lui, comme en quête de secours. Puis il se pencha vers Marshall et murmura, une note d'anxiété dans la voix : « Écoute, Don. Franchement. Tu ne me connais pas ? »

Marshall inspira à fond et serra les dents pour faire barrière à la fureur qui montait en lui. L'homme se recula avec une expression qui, soudain, effraya Marshall.

« L'un de nous deux est cinglé », dit celui-ci sans parvenir à faire passer dans ses paroles la légèreté qu'il voulait y mettre.

Nolan déglutit péniblement. Il baissa le nez sur son verre comme s'il était incapable de regarder son interlocuteur en face.

Et Marshall d'éclater de rire. « Seigneur, quelle histoire. Vous pensez vraiment me connaître, n'est-ce pas ? »

L'homme fit la grimace. « Le Don Marshall que je connais travaille lui aussi pour American-Pacific. »

Marshall frissonna. « Ce n'est pas possible.

– Si. » Le ton était catégorique.

L'espace d'un instant, Marshall envisagea l'idée d'une espèce de conspiration dirigée contre lui ; mais l'expression égarée qui se lisait sur le visage de l'homme ébranla ce soupçon. Il but une gorgée de martini, puis, soigneusement, reposa son verre et appliqua ses paumes sur la table comme pour chercher un renfort dans sa présence.

« American-Pacific Steamship Lines ? » demanda-t-il.

L'autre opina. « Oui. »

Marshall secoua obstinément la tête. « Non. Il n'y a pas d'autre Marshall chez nous. À moins, ajouta-t-il hâtivement, qu'un de nos employés du rez-de-chaussée…

– Tu es… » L'homme se reprit aussitôt. « C'est un cadre. »

Marshall retira lentement ses mains de la table pour les poser sur ses genoux. « Alors je ne comprends pas. » Il regretta immédiatement ses paroles. « Ce… cet homme vous a dit qu'il travaillait là ? enchaîna-t-il à toute vitesse.

– Oui.

– Pouvez-vous le prouver ? » Il avait lancé son défi d'une voix mal assurée. « Pouvez-vous prouver qu'il s'appelle réellement Don Marshall ?

– Don, je…

– Alors, vous le *pouvez* ?

– Êtes-vous marié ? »

Marshall hésita. Puis, après s'être éclairci la gorge : « Oui », dit-il.

Nolan se pencha en avant. « Avec une certaine Ruth Foster ? »

Marshall en eut le souffle coupé sans pouvoir dissimuler sa réaction.

« Est-ce que vous habitez Long Island[1] ? insista Nolan.

---

1. ***Long Island*** : île des États-Unis appartenant à l'État de New York.

– Oui, fit Marshall d'une toute petite voix, mais…

– À Huntington ? »

Marshall n'eut même pas la force d'approuver de la tête.

« Est-ce que vous avez fait vos études à l'université de Columbia[1] ?

– *Oui*, mais… » Voilà que ses dents se mettaient à grincer.

« Diplôme de fin d'études en juin 1940 ?

– Non ! » Marshall se raccrocha à ce détail. « En janvier 1941. Vous entendez ? 41 !

– Étiez-vous lieutenant dans l'armée ? » continua Nolan sans se démonter.

Marshall se sentit perdre pied. « Oui, marmonna-t-il, mais vous avez dit…

– *Dans la 87e Division ?*

– Un instant ! » Marshall repoussa de côté son verre presque vide comme pour donner du champ à sa réfutation. « Je peux donner deux très bonnes explications à cette… cette histoire de fous. Un : un homme qui me ressemble et sait un certain nombre de choses à mon sujet se fait passer pour moi – Dieu sait pourquoi. Deux : vous êtes au courant pour l'essentiel de ce qui me concerne et vous essayez de m'attirer dans un piège. Non, vous pouvez discuter tant que vous voulez ! insista-t-il presque frénétiquement au moment où l'autre allait placer une objection. Vous pouvez poser toutes les questions qui vous chantent, je sais qui je suis et je sais qui je connais !

– Vraiment ? » L'homme avait l'air complètement perdu.

Marshall sentit ses jambes tressaillir. « Écoutez, je n'ai pas l'intention de… de rester ici à discuter avec vous. Tout cela est absurde. Je suis venu ici pour être tranquille et au calme… dans un endroit où je mets les pieds pour la première fois, et…

– *Allons, Don, on déjeune tout le temps ici.* » Nolan paraissait au bord de la nausée.

---

1. ***Columbia*** : capitale de la Caroline du Sud, État du sud-est des États-Unis.

« Mais c'est absurde à la fin ! »

Nolan se passa une main sur les lèvres. « Tu… vous pensez vraiment que c'est un coup monté ? »

Marshall le regarda fixement. Son cœur battait à tout rompre.

« Ou bien – *Seigneur !* – qu'il y a quelqu'un qui se fait passer pour vous ? Don… » Nolan baissa les yeux. « Je crois que… eh bien, si j'étais toi, acheva-t-il à mi-voix, j'irais… voir un docteur, un…

– Arrêtons ça, d'accord ? interrompit froidement Marshall. Je suggère que l'un de nous deux quitte cette table. » Il regarda autour de lui. « Il y en a d'autres de libres. » Puis, détournant les yeux du visage effaré de l'homme, il s'empara de son martini. « Alors ? »

Nolan secoua la tête. « Dieu du ciel, murmura-t-il.

– Arrêtons ça, j'ai dit, lâcha Marshall entre ses dents.

– Comme ça ? fit l'homme, incrédule. Tu tiens vraiment à… à ce qu'on en vienne là ? »

Marshall entreprit de se lever.

« Non, non, attendez. Je m'en vais. » Il considéra de nouveau Marshall avec ahurissement. « Je m'en vais. »

Brusquement, il se mit debout comme si une chape de plomb pesait sur ses épaules.

« Je ne sais trop que dire, ajouta-t-il. Mais… pour l'amour du ciel, Don… va voir un docteur. »

Il s'attarda encore un instant près de la table, les yeux fixés sur Marshall. Puis, prestement, il fit demi-tour et se dirigea vers la sortie. Marshall le regarda partir.

Quand l'homme eut disparu, il se laissa aller contre son dossier et s'absorba dans la contemplation de son martini. Puis, saisissant le cure-dents entre le pouce et l'index, il fit machinalement tourner l'oignon piqué au bout dans le verre. Quand la serveuse revint, il commanda le premier plat qu'il vit sur le menu.

Tout en mangeant, il songea à ce qu'avait de démentiel la situation qu'il venait de vivre. Car à moins d'être un acteur consommé, Nolan avait semblé éprouver un désarroi sincère face à ce qui se passait.

Que s'était-il *passé* au fait ? Un cas criant de confusion d'identité était une chose. Une confusion d'identité qui n'en était pas tout à fait une en était une autre. Comment cet homme pouvait-il connaître autant de détails le concernant ? Ruth, Huntington, l'American-Pacific, jusqu'à son grade de lieutenant dans la 87e Division ? *Comment ?*

Soudain, cela le frappa.

Des années auparavant, il avait été un fervent lecteur de science-fiction – de ces histoires de voyages dans la lune, dans le temps, et tout ça. Et un des thèmes fréquemment utilisés était celui des univers parallèles : une théorie extravagante selon laquelle existait pour chaque possibilité un univers distinct. Dans cette optique, il était concevable que puisse exister un univers dans lequel il connaissait ce Nolan, déjeunait régulièrement avec lui chez *Franco* et avait achevé ses études à Columbia un semestre plus tôt.

C'était absurde, évidemment, mais les faits étaient là. Et si, en entrant chez *Franco*, il était accidentellement passé dans un univers légèrement décalé par rapport à celui qui lui était habituel ? Et si, en poussant l'idée plus loin, les gens, sans en avoir conscience, ne cessaient d'entrer dans ces univers décalés ? Et si lui-même, sans s'en apercevoir, n'avait cessé d'entrer dans ces univers... jusqu'à aujourd'hui, où, malencontreusement, il s'était avancé un peu trop loin ?

Il ferma les yeux en réprimant un frisson. Grand Dieu, songea-t-il. Dieu Tout-puissant, *faut-il* que je sois surmené ! Il avait l'impression d'être au bord d'un précipice à attendre que quelqu'un le pousse. Il s'efforça de ne plus penser à sa conversation avec Nolan. S'il y pensait, il allait être obligé de la faire entrer dans le schéma, et il n'était pas encore prêt pour cela.

Son repas achevé, il régla son addition et quitta le restaurant avec l'impression d'avoir du plomb froid dans l'estomac. Il prit un taxi jusqu'à Pennsylvania Station et, après une courte attente, grimpa dans un train à destination de North Shore. Il s'installa dans une voiture « fumeurs » et passa tout le trajet à regarder défiler le paysage, une cigarette qu'il avait négligé d'allumer entre les doigts. Le poids qu'il avait sur l'estomac persistait.

Arrivé à Huntington, il se dirigea vers la station de taxis et en choisit un bien particulier.

« Chez moi, s'il vous plaît, dit-il en regardant attentivement le chauffeur.

– Entendu, monsieur Marshall. » Sourire à l'appui.

Marshall se laissa aller sur le dossier de la banquette avec un soupir tremblotant et ferma les yeux. Il avait comme des picotements au bout des doigts.

« Vous rentrez tôt aujourd'hui, dit le chauffeur. Vous ne vous sentez pas bien ? »

Marshall déglutit. « Un bon mal de crâne, c'est tout.

– Oh, désolé. »

Sur le chemin de son domicile, il ne cessa d'examiner la ville, cherchant malgré lui des écarts, des *différences*. Mais il n'en perçut point ; tout était comme à l'ordinaire. Sa tension se relâcha.

Ruth se trouvait dans le salon, en train de coudre.

« *Don.* » Elle se précipita à sa rencontre. « Un problème ?

– Non, non, dit-il en posant son chapeau. Un simple mal de crâne.

– Oh. » Compatissante, elle le conduisit vers un fauteuil et l'aida à ôter son veston et ses chaussures. « Je vais tout de suite te chercher un cachet.

– Parfait. »

Elle monta au premier. Pendant ce temps, Marshall promena son regard sur le cadre familier et lui dédia un sourire. Tout allait bien à présent.

Ruth redescendait quand le téléphone sonna. Il s'apprêtait à se lever au moment où elle lui lança : « J'y vais, chéri.

– Très bien. »

Il la regarda décrocher le combiné dans le vestibule. « Allô ? » Elle écouta, puis : « Oui, chéri, dit-elle machinalement. Tu… »

Elle s'interrompit soudain, écarta le combiné de son visage et le contempla comme si c'était quelque monstruosité qu'elle avait à la main.

Elle le reporta à son oreille. « Tu… tu ne rentreras que très tard ? » fit-elle d'une voix éteinte.

Marshall garda les yeux fixés sur elle, la bouche grande ouverte, son cœur martelant sa poitrine. Même quand elle se retourna pour le dévisager, le combiné à bout de bras, il fut incapable d'éviter son regard. Je t'en supplie, pensa-t-il. Je t'en supplie, ne dis pas ça. *Ne le dis pas.*

« *Qui êtes-vous ?* » demanda-t-elle.

Appel longue distance

Juste avant la sonnerie du téléphone, la tempête abattit l'arbre devant la fenêtre, arrachant Miss Keene à son sommeil et à ses rêves. Elle se redressa d'un bond en étouffant un cri, ses mains frêles [1] crispées sur le drap. Dans sa poitrine décharnée [2], son cœur s'emballa, donna un coup de fouet à son sang paresseux. Elle resta assise, toute raide, muette, ses yeux scrutant les ténèbres [3].

Une seconde après, le téléphone sonna.

Qui diable… ? La question se forma malgré elle dans sa tête. Sa main maigre hésita dans l'obscurité, ses doigts tâtonnèrent, puis Miss Elva Keene porta le combiné glacé à son oreille.

« Allô ? » dit-elle.

Dehors, un roulement de tonnerre ébranla la nuit, faisant frémir les jambes invalides de Miss Keene. *Je n'ai pas entendu la voix,* songea-t-elle, *le tonnerre a étouffé la voix.*

« Allô ? » reprit-elle.

Silence. Miss Keene attendit dans un demi-sommeil. Puis elle répéta : « Al-*lô ?* » d'une voix fêlée. Dehors, le tonnerre gronda une fois de plus.

Toujours rien à l'autre bout du fil, pas même le bruit caractéristique d'une coupure dans la communication. Sa main tremblante se tendit et raccrocha brutalement, d'un geste qui traduisait son irritation.

---

1. ***Frêles*** : ici, amaigries par la maladie.
2. ***Décharnée*** : littéralement, qui n'a plus de chair ; maigre.
3. ***Les ténèbres*** : l'obscurité profonde.

« Grossier personnage », marmonna-t-elle en se laissant retomber sur l'oreiller. Son dos infirme la faisait déjà souffrir de l'effort réclamé par la position assise.

Elle exhala un soupir[1] de lassitude. À présent, il allait lui falloir s'employer à se rendormir, subir toutes les affres[2] du processus – calmer les muscles harassés[3], oublier la douleur qui lui sciait les jambes, mener un combat sans fin, éreintant, pour fermer le robinet dans sa tête, empêcher les pensées indésirables de s'écouler goutte à goutte. Il fallait en passer par là ; l'infirmière, Mrs. Phillips, insistait sur la nécessité d'un bon repos. Elva Keene se força à respirer lentement, profondément, les couvertures remontées jusqu'au menton, dans l'espoir de voir sa peine récompensée.

En vain.

Ses yeux s'ouvrirent et, tournant la tête vers la fenêtre, elle regarda l'orage s'éloigner sur les jambes que lui faisaient les éclairs. *Pourquoi je n'arrive pas à dormir ?* se plaignit-elle. *Pourquoi faut-il que je reste comme ça, toujours éveillée ?*

Elle n'avait pas à se creuser beaucoup pour connaître la réponse. Dans une vie terne, le moindre imprévu prenait une importance surnaturelle. Et la vie, pour Miss Keene, se réduisait, lamentable train-train, à rester allongée sur le dos ou soutenue par des oreillers, à lire les livres que l'infirmière lui apportait de la bibliothèque municipale, à se nourrir, se reposer, prendre ses médicaments, à écouter sa minuscule radio... et à attendre, *attendre* qu'il arrive quelque chose de différent.

Comme ce coup de téléphone qui n'en était pas vraiment un.

Il n'y avait même pas eu le bruit d'un combiné que l'on remet en place. Miss Keene ne comprenait pas. Pourquoi quelqu'un composerait-il son numéro pour rester ensuite silencieux pendant qu'elle répétait ses « allô » ? Y avait-il vraiment *quelqu'un* au bout du fil ?

---

1. ***Exhala un soupir*** : poussa un soupir.
2. ***Affres*** : douleurs, souffrances aiguës.
3. ***Harassés*** : exténués de fatigue.

Ce qu'elle aurait dû faire, s'avisa-t-elle alors, c'était rester à l'écoute jusqu'à ce que l'autre se fatigue de la plaisanterie et raccroche. Ce qu'elle aurait dû faire, c'était s'indigner vigoureusement de l'inconvenance d'une telle farce à l'endroit d'une femme seule et impotente[1] au milieu d'une nuit d'orage. Alors, s'il y avait eu quelqu'un au bout du fil, qui que ce fût, il en aurait eu pour son grade et…

« Mais bien sûr… »

Elle avait prononcé ces mots à haute voix, les ponctuant d'un gloussement où le dégoût le disputait au soulagement. Bien sûr, le téléphone était en dérangement. On avait tenté de la joindre, peut-être l'infirmière pour prendre de ses nouvelles. Mais la ligne devait être en dérangement quelque part, avec pour effet de laisser sa sonnerie en état de marche, mais sans que la communication puisse s'établir. Oui, bien sûr, c'était l'explication.

Miss Keene hocha une fois la tête et ferma doucement les yeux. *Et maintenant, dormir*, se dit-elle. Au loin, au-delà des limites du comté[2], l'orage racla sa gorge noire. *J'espère que personne ne s'inquiète*, songea Elva Keene. *Ce serait vraiment dommage.*

C'est alors que le téléphone se remit à sonner.

Voilà qu'on essaie de nouveau de me joindre. Elle se dépêcha de tendre la main dans l'obscurité, tâtonna jusqu'à ce que ses doigts rencontrent le combiné, puis le porta à son oreille.

« Allô ? » fit-elle.

Silence.

Sa gorge se contracta. Elle savait ce qui clochait, naturellement, mais cela ne lui plaisait pas du tout.

« Allô ? » reprit-elle timidement, pas encore tout à fait convaincue qu'elle gaspillait son souffle.

Pas de réponse. Elle attendit un moment, puis lança une troisième fois, non sans impatience, d'une voix perçante qui résonna dans l'obscurité : « *Allô !* »

---

1. ***Impotente*** : invalide.
2. ***Comté*** : région administrative dans les pays anglo-saxons.

Rien, Miss Keene eut soudain envie d'envoyer le combiné au diable, mais elle contint cette curieuse impulsion – non, il fallait attendre ; attendre et écouter pour savoir si quelqu'un raccrochait à l'autre bout.

Elle attendit donc.

La chambre était désormais plongée dans un silence absolu, mais Elva Keene continuait de tendre l'oreille ; à l'affût du déclic caractéristique d'un combiné que l'on repose ou du bourdonnement qui s'ensuit habituellement. Sa poitrine se soulevait et s'abaissait à petits coups. Elle ferma les yeux pour se concentrer, puis les rouvrit, clignant des paupières dans le noir. Aucun son ne venait de l'écouteur ; pas un déclic, pas un bourdonnement, pas le moindre bruit de combiné remis en place.

« Allô ! » cria-t-elle soudain, puis elle alla pour raccrocher.

Elle manqua son but. Le combiné atterrit sur le tapis avec un bruit sourd. Miss Keene alluma fébrilement la lampe, grimaçant au moment où la lumière lépreuse lui emplissait les yeux. Elle se mit aussitôt sur le côté pour essayer d'atteindre l'appareil toujours silencieux.

Mais elle ne parvenait pas à s'étirer suffisamment et ses jambes invalides l'empêchaient de se lever. Sa gorge se serra. Dieu ! Allait-elle devoir le laisser là toute la nuit, muet et énigmatique ?

Retrouvant ses esprits, elle tendit brusquement le bras et appuya sur le levier du support. Par terre, le combiné cliqueta, puis se mit à bourdonner normalement. Elva Keene déglutit et inspira à petits coups saccadés en se laissant retomber sur l'oreiller.

Elle lança alors les grappins de la raison [1] pour s'arracher à la panique. *C'est ridicule*, se dit-elle. *Se laisser bouleverser par un incident aussi banal et aussi facilement explicable. C'est l'orage, la nuit, le fait d'avoir été réveillée en sursaut. (Mais qu'est-ce qui*

---

1. ***Elle lança alors les grappins de la raison*** : elle recourut alors à la raison. Au sens propre, les grappins sont les crochets d'abordage situés à l'extrémité des cordages des embarcations.

m'a réveillée ?) Tout cela venant s'accumuler sur la montagne d'horripilante monotonie qu'est ma vie. Oui, c'était désagréable, très désagréable. Mais ce n'était pas l'incident en lui-même qui était désagréable. C'était sa réaction à elle.

Miss Elva Keene se barricada contre toute prémonition ultérieure[1]. *À présent, je vais dormir*, ordonna-t-elle à son corps dans un dernier sursaut d'humeur. Elle s'imposa une immobilité totale, se détendit. Par terre, le téléphone faisait entendre comme un lointain bourdonnement d'abeilles. Elle s'en désintéressa.

Tôt le lendemain matin, lorsque l'infirmière eut remporté le plateau du petit-déjeuner, Elva Keene appela la compagnie du téléphone.

« Ici, Miss Elva, dit-elle à la standardiste.

– Bonjour, Miss Elva, répondit la jeune femme, une certaine Miss Finch. En quoi puis-je vous être utile ?

– La nuit dernière, mon téléphone a sonné deux fois. Mais quand j'ai décroché, il n'y avait personne au bout du fil. Et je n'ai pas entendu raccrocher. Je n'ai pas même entendu la tonalité – rien qu'un long silence.

– C'est bien simple, Miss Elva, fit la voix joviale de Miss Finch, l'orage de la nuit dernière a pratiquement démoli la moitié de notre réseau. Nous sommes assaillis de réclamations pour des lignes coupées et des communications défectueuses. À mon avis, vous avez de la chance d'avoir un téléphone qui fonctionne encore.

– Alors vous pensez qu'il s'agissait sans doute d'une communication défectueuse causée par l'orage ? insinua Miss Elva.

– Je ne vois pas d'autre explication, Miss Elva.

– Croyez-vous que ça puisse se reproduire ?

– Oh, c'est *possible*. C'est une *possibilité*. Je ne peux rien affirmer, Miss Elva. Mais si ça se renouvelle, appelez-moi et je vous enverrai un dépanneur.

1. ***Se barricada contre toute prémonition ultérieure*** : s'interdit de penser à ce qui pouvait arriver.

– Très bien, je vous remercie, ma chère. »

Elle passa toute la matinée appuyée à ses oreillers dans une douce torpeur[1]. *Rien n'est plus satisfaisant que de résoudre un mystère*, songeait-elle, *si mince soit-il. C'est la violence de cet orage qui a causé le dérangement de la ligne. Rien d'étonnant, puisqu'il a même abattu le vieux chêne près de la maison. C'est ce bruit qui m'a réveillée, naturellement, et c'est bien dommage pour ce cher vieil arbre. Il ombrageait si bien la maison pendant les chaleurs d'été. Bah, je devrais plutôt me réjouir qu'il soit tombé en travers de la route plutôt que sur la maison.*

La journée se déroula sans incident, simple amalgame[2] d'occupations habituelles : repas, lecture d'Angela Thirkell[3], dépouillement du courrier (deux publicités sans intérêt et la facture de l'électricité), petits brins de conversation avec Mrs. Phillips. En fait, Miss Elva s'était tellement bien réinstallée dans sa routine qu'en début de soirée, lorsque le téléphone sonna, elle décrocha sans même réfléchir.

« Allô ? » dit-elle.

Silence.

Tout lui revint en un instant. Elle appela l'infirmière.

« Qu'y a-t-il ? » demanda la robuste femme en s'avançant d'un pas lourd sur le tapis de la chambre.

« C'est ce dont je vous ai parlé. » Elva Keene lui tendit le combiné. « Écoutez. »

Mrs. Phillips prit l'appareil et repoussa quelques mèches grises avec l'écouteur pour le porter à son oreille. Son visage placide le demeura. « Il n'y a personne au bout du fil, observa-t-elle.

– Exactement. Exactement. À présent écoutez voir si vous entendez un bruit de téléphone qu'on repose. Je suis sûre que vous n'entendrez rien. »

---

1. ***Torpeur*** : assoupissement.
2. ***Amalgame*** : assemblage.
3. ***Angela Thirkell*** : romancière britannique (1890-1961), auteur de romans sentimentaux.

L'infirmière écouta un moment, puis secoua la tête. « Je n'entends rien », dit-elle, et elle raccrocha.

« Non, attendez ! » s'écria aussitôt Miss Keene. Puis, constatant qu'elle n'y pouvait plus rien, elle ajouta : « Tant pis. Si ça se reproduit trop souvent, j'appellerai Miss Finch pour qu'on m'envoie un dépanneur.

– C'est ça », dit Mrs. Phillips avant de regagner le salon.

L'infirmière quitta la maison à huit heures, laissant comme d'habitude sur la table de chevet une pomme, un biscuit, un verre d'eau et le flacon de comprimés. Elle fit gonfler les oreillers sous le dos fragile de Miss Keene, plaça la radio et le téléphone un peu plus près du lit, jeta autour d'elle un coup d'œil satisfait, puis se dirigea vers la porte en disant : « À demain. »

Un quart d'heure plus tard, le téléphone sonnait. Miss Keene décrocha aussitôt. Cette fois, elle ne prit pas la peine de dire allô – elle se contenta d'écouter.

Tout d'abord, ce fut le même scénario : un silence total. Elle écouta encore un moment, rongée d'impatience. Puis, à l'instant où elle allait remettre le combiné en place, elle perçut un bruit. Un tic lui tirailla la joue, elle reporta l'écouteur à son oreille.

« Allô ? » dit-elle d'une voix tendue.

Un murmure, un bourdonnement sourd, une espèce de froufrou… qu'est-ce que cela pouvait bien être ? Miss Keene ferma résolument les yeux, l'oreille tendue, mais ne parvint pas à identifier le son ; il était trop ténu [1], trop flou. Il oscillait entre une espèce de plainte modulée et… une fuite d'air… un sifflement gargouillant. *Ce doit être la ligne,* se dit-elle, *le téléphone lui-même qui fait ce bruit. Peut-être un fil qui s'agite quelque part dans le vent, peut-être…*

Elle cessa alors de penser. De respirer. Le bruit avait cessé. Une fois de plus, le silence lui résonnait dans les oreilles. Elle sentit son cœur s'emballer de nouveau, les parois de sa gorge se contracter.

---

1. ***Ténu*** : faible.

Oh, c'est ridicule, se morigéna-t-elle[1]. *On m'a déjà fait le coup… c'est l'orage, l'orage !*

Elle se renversa sur ses oreillers, l'écouteur contre son pavillon[2], respirant par à-coups. Une peur irraisonnée s'enflait en elle comme une marée, en dépit de tous ses efforts pour rameuter son bon sens. Son esprit ne cessait de glisser du perchoir lisse de la raison, l'entraînant de plus en plus bas.

Un violent frisson la secoua quand les bruits reprirent. Il ne pouvait pas s'agir de sons humains, c'était tout simplement *impossible*, et pourtant il y avait quelque chose en eux, comme une inflexion[3], comme une ordonnance presque reconnaissable de…

Ses lèvres tremblaient et un gémissement s'amorça dans sa gorge. Mais elle était incapable, tout simplement incapable de reposer le téléphone. Les sons avaient sur elle un effet hypnotique. Étaient-ils dus aux sautes du vent ou au cafouillage de mécanismes défectueux ? Elle n'aurait su trancher, mais ils ne voulaient pas la lâcher.

« Allô ? » chevrota-t-elle[4].

Les bruits s'intensifièrent. Retentirent dans sa tête.

« Allô ! hurla-t-elle.

– A-l-l-ô », répondit une voix dans l'écouteur.

Miss Keene sombra aussitôt dans l'inconscience.

« Êtes-vous certaine d'avoir entendu quelqu'un dire *allô* ? » demanda Miss Finch à Miss Elva, qui venait de l'appeler. « C'était peut-être encore un problème de ligne défectueuse, vous savez.

– Je vous dis que c'était un *homme* ! s'énerva Elva Keene. Le même qui m'écoutait répéter mes allô sans jamais me répondre. Le même qui faisait ces bruits horribles au téléphone ! »

---

1. ***Se morigéna-t-elle*** : se reprocha-t-elle.
2. ***Pavillon*** : oreille.
3. ***Inflexion*** : ton, accent.
4. ***Chevrota-t-elle*** : dit-elle d'une voix tremblante.

Miss Finch s'éclaircit poliment la gorge. « Bon, je vais envoyer quelqu'un vérifier votre installation, Miss Elva. Dès que possible. Naturellement, nos techniciens sont débordés en ce moment, avec tous les dégâts causés par l'orage, mais dès que possible…

– Et qu'est-ce que je fais si ce… cette *personne* me rappelle ?

– Vous lui raccrochez au nez, tout simplement, Miss Elva.

– Mais il n'arrête pas d'appeler !

– Eh bien… » L'amabilité de Miss Finch se tempéra. « Pourquoi ne vous emploieriez-vous pas à trouver de qui il s'agit, Miss Elva ? Si vous y arrivez, nous pourrons alors prendre des mesures immédiates, croyez-moi, et… »

Après avoir raccroché, Miss Keene, les nerfs à vif, se laissa aller sur ses oreillers, tandis que Mrs. Phillips fredonnait de langoureuses chansons d'amour tout en faisant la vaisselle du petit-déjeuner. Miss Finch ne croyait pas à son histoire, c'était évident. Miss Finch la prenait pour une vieille femme inquiète victime de son imagination. Eh bien, Miss Finch allait voir…

« Je ne cesserai pas de l'appeler et de la rappeler jusqu'à ce qu'elle *se remue*, dit-elle avec humeur à l'infirmière juste avant de faire sa sieste.

– C'est ça. Pour l'instant, prenez votre cachet et allongez-vous. »

Miss Keene se plongea dans un silence grognon, ses mains aux veines saillantes crispées contre ses flancs. Il était deux heures dix et, à l'exception près des ronflements gargouillants de Mrs. Phillips dans le salon, la maison était silencieuse en cet après-midi d'octobre. *Ça me met hors de moi*, songeait Elva Keene, *que personne ne daigne prendre ça au sérieux. En tout cas* – ses lèvres minces se contractèrent – *la prochaine fois que le téléphone sonne, je m'assurerai que Mrs. Phillips écoute jusqu'à ce qu'elle entende quelque chose.*

Le téléphone sonna à cet instant précis.

Miss Keene sentit un frisson glacé la parcourir. Même en plein jour, même avec les rayons de soleil qui mouchetaient son couvre-lit à fleurs, la sonnerie stridente lui faisait peur. Elle enfonça ses fausses dents dans sa lèvre inférieure pour l'empêcher de trembler. *Est-ce que je réponds ?* se demanda-t-elle, et sans se donner le temps de réfléchir, elle se saisit du combiné. Elle inspira à fond, par saccades. Porta lentement l'écouteur à son oreille. « Allô ? » dit-elle.

La voix répondit : « Allô ? » Une voix caverneuse, sans vie.

« Qui est à l'appareil ? demanda Miss Keene en s'efforçant de garder une voix normale.

– Allô ?

– À qui ai-je l'honneur, je vous prie ?

– Allô ?

– Il y a quelqu'un au bout du fil ?

– Allô ?

– Je vous en prie... !

– Allô ? »

Miss Keene raccrocha violemment et se rallongea, tremblant de tout son corps, incapable de retrouver sa respiration. *Qu'est-ce que c'est ?* suppliait une petite voix dans sa tête. *Au nom du ciel, qu'est-ce que ça peut bien être ?*

« Margaret ! cria-t-elle. *Margaret !* »

Dans le salon, elle entendit Mrs. Phillips pousser un grognement, puis se mettre à tousser.

« Margaret, s'il vous plaît... ! »

Elva Keene entendit l'opulente matrone [1] se mettre debout et traverser le salon à pas pesants. *Il faut que je me calme*, se dit-elle en promenant nerveusement les mains sur ses joues enfiévrées. *Il faut que je lui raconte exactement ce qui s'est passé, exactement.*

« Qu'est-ce qu'il y a ? grommela l'infirmière. Vous avez mal au ventre ? »

Miss Keene eut toutes les peines du monde à déglutir. « Il vient juste de rappeler, murmura-t-elle.

– Qui ça ?

1. ***Matrone*** : le mot désigne une femme d'âge mûr, de caractère grave et d'allure imposante.

– Cet homme !

– Quel homme ?

– Celui qui n'arrête pas d'appeler ! s'emporta Miss Keene. Il ne fait que répéter allô… indéfiniment. C'est tout ce qu'il dit : allô, allô, all…

– Ça suffit comme ça, gronda l'infirmière sans se départir de son calme. Allongez-vous et…

– Je *ne veux pas* m'allonger ! protesta-t-elle, au bord de l'hystérie. Je veux savoir qui est cet affreux personnage qui s'obstine à me faire peur !

– Ne vous mettez pas dans des états pareils, l'avertit Mrs. Phillips. Vous savez quel effet ça a sur votre estomac. »

Miss Keene se mit à sangloter lamentablement. « J'ai peur, j'ai peur de lui. Pourquoi s'acharne-t-il à m'appeler ? »

Debout près du lit, l'infirmière la contemplait avec une placidité[1] bovine. « Voyons, que vous a dit Miss Finch ? » demanda-t-elle sans élever le ton.

Les lèvres tremblantes de Miss Keene s'avérèrent incapables d'articuler la réponse.

« Ne vous a-t-elle pas dit que la ligne était en dérangement ? poursuivit l'infirmière d'une voix qui se voulait apaisante.

– Mais ce n'est pas vrai ! C'est un homme, un *homme* ! »

L'infirmière exhala un soupir résigné. « Si c'est un homme, contentez-vous de raccrocher. Vous n'êtes pas forcée de lui parler. Raccrochez. C'est si difficile à faire ? »

Miss Keene ferma ses yeux brillants de larmes et pinça ses lèvres frémissantes. Dans sa tête, la voix sourde et apathique[2] continuait de se faire entendre. Obstinément, sans que l'inflexion change, sans que la question posée tienne compte de ses réponses – engluée qu'elle était dans la morne indolence[3] d'une répétition sans fin. *Allô ? Allô ?* De quoi lui glacer le cœur.

1. ***Placidité*** : tranquillité.
2. ***Apathique*** : faible, sans énergie.
3. ***Indolence*** : mollesse, paresse.

« Regardez », lui dit l'infirmière.

Elle ouvrit les yeux et, dans une espèce de brouillard, vit Mrs. Phillips qui posait le combiné sur la table de chevet.

« Là, reprit-elle, comme ça, personne ne peut plus vous appeler. N'y touchez pas. Si vous avez besoin de quelque chose, vous n'avez qu'à composer le numéro. Ça vous va ? Oui ? »

Miss Keene regarda son infirmière d'un œil morne. Puis, au bout d'un moment, elle acquiesça de la tête. Non sans réticence[1].

Dans l'obscurité de la chambre, le bourdonnement de la tonalité la tenait éveillée. *Ou bien n'est-ce qu'une idée que je me fais ?* songea-t-elle. *Est-ce vraiment ça qui me tient éveillée ? N'ai-je pas dormi la première nuit avec le téléphone décroché ?* Non, ce n'était pas ce bruit qui la gênait, c'était autre chose.

Elle gardait les yeux opiniâtrement fermés. *Je ne veux pas écouter*, se dit-elle. *Je ne veux pas écouter ça.* La respiration frémissante, elle s'emplissait les poumons de l'air de la nuit. Mais l'obscurité refusait de lui envahir la tête et d'effacer le bruit.

Miss Keene tâtonna autour d'elle jusqu'à ce qu'elle ait trouvé sa liseuse[2]. Elle en recouvrit le combiné, fit disparaître sa noirceur lisse sous des couches de laine. Puis elle se laissa retomber, tendue, hors d'haleine. *Je veux dormir*, exigea-t-elle. *Je veux dormir.*

Elle entendait encore la tonalité.

Elle se raidit et, brusquement, dégagea le combiné de ses épaisseurs de laine. Puis, d'un geste brutal, elle le replaça sur son socle. Un silence délicieux s'installa dans la pièce. Miss Keene se laissa retomber sur son oreiller avec un petit grognement de satisfaction. *Et maintenant, dormir*, se dit-elle.

Le téléphone sonna.

Elle en eut le souffle coupé. La sonnerie semblait imprégner l'obscurité, plongeant Miss Keene dans un nuage de vibrations à rompre les tympans. Elle tendit la main pour remettre le combiné)

---

1. ***Réticence*** : hésitation.
2. ***Liseuse*** : veste d'intérieur en lainage.

sur la table de chevet, puis la retira en étouffant un cri, s'avisant qu'elle allait de nouveau entendre la voix de l'homme.

Le sang battait à son cou. *Ce que je vais faire*, calcula-t-elle, *ce que je vais faire, c'est décrocher très vite le combiné... très vite... et le poser, puis appuyer sur le levier et couper la communication. Oui, voilà ce que je vais faire !*

Elle rassembla ses forces et allongea précautionneusement la main jusqu'à ce que celle-ci se trouve juste au-dessus de la sonnerie. Puis, retenant sa respiration, elle suivit son plan, mit fin à la sonnerie, s'empressa d'atteindre le levier de contact...

Et se figea au moment où la voix de l'homme lui parvenait dans les ténèbres. « Où êtes-vous ? demandait-elle. Je voudrais vous parler. »

Des serres[1] de glace se refermèrent sur la poitrine frémissante de Miss Keene. Elle resta pétrifiée, incapable de couper la voix languissante, sans expression, qui répétait : « Où êtes-vous ? Je voudrais vous parler. »

Un son ténu, indécis, monta de la gorge de Miss Keene.

Et l'homme d'insister. « Où êtes-vous ? Je voudrais vous parler.

– Non, non, sanglota Miss Keene.

– Où êtes-vous ? Je voudrais... »

Elle appuya sur le levier de contact, les doigts raides et exsangues[2]. Elle le maintint un quart d'heure enfoncé avant de le relâcher.

« Je vous avertis, ça ne va pas se passer comme ça ! »

Les mots se bousculaient dans la bouche de Miss Keene. Assise toute raide dans son lit, elle déversait sa colère et sa peur dans le micro du combiné.

« Vous dites que vous raccrochez au nez de cet homme et qu'il continue d'appeler ? s'enquit[3] Miss Finch.

---

1. ***Serres*** : au sens propre, griffes ou ongles de certains oiseaux, et spécialement des rapaces.
2. ***Exsangues*** : vidés de leur sang, sans force.
3. ***S'enquit*** : s'informa.

– Je vous ai déjà *expliqué* tout ça ! éclata Miss Keene. J'ai été obligée de laisser le téléphone décroché toute la nuit pour qu'il n'appelle plus. Et le bruit de la tonalité m'a empêchée de dormir. Je n'ai pas fermé l'œil ! Je veux qu'on vérifie ma ligne tout de suite, vous m'entendez ? Je veux que vous mettiez fin à cette chose affreuse ! »

Ses yeux étaient pareils à des perles noires et dures. Le téléphone faillit glisser de ses doigts tremblants.

« Très bien, Miss Elva, dit la standardiste. Je vous envoie quelqu'un aujourd'hui même.

– Merci, ma chère, merci. Voulez-vous bien m'appeler quand… »

Elle s'interrompit brusquement, gênée par une série de déclics dans l'appareil.

« La ligne est occupée », annonça-t-elle.

Les déclics cessèrent et elle reprit : « Je répète : voulez-vous bien me tenir au courant quand vous aurez trouvé qui est cet affreux personnage ?

– Certainement, Miss Elva, certainement. Et j'envoie quelqu'un vérifier votre ligne cet après-midi. 127 Mill Lane. C'est bien votre adresse ?

– C'est cela, ma chère. Vous faites le nécessaire, n'est-ce pas ?

– Vous avez ma parole, Miss Elva. Dès à présent.

– Merci, ma chère. » Un soupir de soulagement s'ensuivit.

Il n'y eut pas d'appel de l'homme ce matin-là, ni après le déjeuner. Miss Keene commença à se détendre. Elle fit une partie de cartes avec l'infirmière et réussit même à rire un peu. C'était un réconfort de savoir que la compagnie du téléphone prenait l'affaire en main. On n'allait pas tarder à identifier ce mauvais plaisant et elle retrouverait sa tranquillité.

Mais quand deux heures sonnèrent, puis trois, sans qu'elle ait vu arriver qui que ce fût chez elle, elle recommença à s'inquiéter.

« Mais qu'est-ce que fabrique cette fille ? s'énerva-t-elle. Elle m'avait promis un dépanneur pour cet après-midi.

– Il va venir, dit l'infirmière. Un peu de patience. »

Quatre heures, et toujours personne. Miss Keene ne voulait plus jouer aux cartes, ni lire, ni écouter la radio. Ce qui avait commencé à se dénouer se resserrait de nouveau, d'instant en instant, et à cinq heures, quand le téléphone sonna, sa main jaillit tout droit de la large manche de sa liseuse pour se refermer comme une serre sur le combiné. *Si cet homme parle*, s'affola-t-elle, *s'il parle, je hurle jusqu'à arrêt du cœur.*

Elle porta l'écouteur à son oreille.

« Miss Elva, ici Miss Finch. »

Ses yeux se fermèrent et un long soupir s'échappa de ses lèvres. « Oui ? dit-elle.

– Au sujet de ces appels que vous dites recevoir...

– Oui ? » Les paroles de Miss Finch résonnaient dans sa tête comme une gifle. *Ces appels que vous* dites *recevoir...*

« Nous avons envoyé quelqu'un pour en chercher l'origine, continua Miss Finch. J'ai ici son rapport. »

Miss Keene retint son souffle. « Oui ?

– Il n'a rien pu trouver. »

Elva Keene resta muette. Sa tête grise reposait sur l'oreiller, immobile, le combiné contre sa joue.

« Il dit que le... la difficulté vient d'un fil rompu à la lisière du bourg.

– Un fil... rompu ?

– Oui, Miss Elva. » Miss Finch avait l'air ennuyée.

« Vous cherchez à me dire que je n'ai rien entendu ? »

La voix de Miss Finch reprit de l'assurance. « Il n'y a aucune chance que l'on ait pu vous téléphoner de cet endroit.

– Mais puisque je vous dis qu'un *homme* m'a appelée ! »

Miss Finch demeura silencieuse. Les doigts de Miss Keene se crispèrent spasmodiquement[1] sur le combiné.

« Il doit y avoir un téléphone là-bas, insista-t-elle. Il a bien fallu que cet homme trouve *un moyen* de m'appeler !

---

1. ***Spasmodiquement*** : nerveusement.

– Miss Elva, le fil en question repose sur le sol. » Un temps, puis : « Demain, une équipe le remettra en place et vous ne serez plus…

– Mais enfin, cet homme existe !

– Miss Elva, il n'y a personne là-bas.

– Où ça, *là-bas* ?

– Au cimetière, Miss Elva. C'est le cimetière. »

Dans le noir silence de sa chambre, allongée sur son lit, une vieille dame impotente attendait. Son infirmière ne voulait pas passer la nuit auprès d'elle ; son infirmière l'avait gratifiée de quelques petites tapes, grondée et laissée seule.

Elle attendait un appel téléphonique.

Elle aurait pu débrancher l'appareil, mais elle n'en avait pas la volonté. Immobile, elle attendait, attendait et songeait.

Elle songeait au silence… à des oreilles restées sans entendre et qui cherchaient à entendre de nouveau. À des gargouillements et des marmonnements… aux premiers essais balbutiants de quelqu'un qui n'avait plus parlé… depuis combien de temps ? Aux… *allô ? allô… ?* première salutation d'un être condamné depuis longtemps au silence. Aux… *où êtes-vous ?* À ce qui la paralysait en ce moment même… ces déclics… la standardiste qui vérifiait son adresse à voix haute. À…

La sonnerie du téléphone.

Un temps. Nouvelle sonnerie. Bruissement d'une chemise de nuit dans le noir.

La sonnerie s'arrête.

On écoute.

Et le téléphone de glisser de doigts exsangues, les yeux de s'ouvrir tout grands, les battements de cœur de s'atténuer, de ralentir.

Dehors, la nuit crépitante de grillons.

Dedans, les mots qui continuent de résonner dans sa tête – donnant une signification terrifiante au silence pesant, étouffant.

« Allô, Miss Elva. J'arrive. »

Paille humide

Cela commença quelques mois après la mort de sa femme.

Il avait emménagé dans une pension de famille. Il y menait une existence tranquille ; la vente des titres de son épouse lui avait procuré l'argent nécessaire. Un livre par jour, des concerts, des repas solitaires, des visites au musée… il n'en fallait pas plus pour le combler. Il écoutait la radio, s'accordait de petits sommes et de longues séances de méditation. La vie n'était pas si désagréable.

Un soir, il posa son livre et se déshabilla. Il éteignit la lumière et ouvrit la fenêtre. Assis au bord du lit, il contempla un moment le plancher. Puis il s'allongea, les mains croisées derrière la nuque. Un courant d'air froid lui parvenait de la fenêtre ; il tira les couvertures sur sa tête et ferma les yeux.

Tout était calme. Il entendait le bruit régulier de sa respiration. Une douce chaleur commençait à l'envahir, tendre et apaisante. Il poussa un gros soupir et sourit.

Soudain, il ouvrit les yeux.

Une brise ténue[1] lui caressait la joue, accompagnée d'une vague odeur de paille humide. Impossible de s'y tromper.

Il lui suffit de tendre le bras pour effleurer le mur et sentir la brise qui venait de la fenêtre. Pourtant, sous les couvertures, où tout n'était que tiédeur un instant auparavant, se manifestait une autre brise. Ainsi qu'une odeur de moisi, une odeur de paille humide à vous donner le frisson.

---

1. ***Ténue*** : voir note 1, p. 44.

Il repoussa les couvertures et resta allongé sur le lit, le souffle court.

Puis il se mit à rire intérieurement. Un rêve, un cauchemar. Trop de lecture. Une nourriture indigeste.

Il remonta les couvertures et referma les yeux. La tête à l'air libre, il s'endormit.

Le lendemain matin, tout était oublié. Il prit son petit-déjeuner et se rendit au musée, où il passa la matinée. Il visita toutes les salles et examina chaque pièce.

Au moment de repartir, il éprouva le désir de retourner voir un tableau auquel il n'avait accordé qu'un coup d'œil.

Il s'immobilisa devant.

La toile représentait un coin de campagne. Une vaste grange nichée au fond d'une vallée.

Sa respiration s'accéléra et ses doigts tripotèrent sa cravate. Ridicule, songea-t-il au bout d'un moment, qu'une chose pareille puisse me troubler.

Il tourna les talons. Sur le seuil, il jeta encore un coup d'œil au tableau.

Cette grange l'avait effrayé. Rien qu'une grange, se dit-il, une grange dans un tableau.

Après dîner, il regagna sa chambre.

À peine eut-il ouvert la porte qu'il se rappela son rêve. Il s'approcha du lit. Rabattit draps et couvertures et les secoua.

Pas d'odeur de paille humide. Il se jugea stupide.

Ce soir-là, au moment d'aller au lit, il laissa la fenêtre fermée. Il éteignit, se coucha et tira les couvertures sur sa tête.

Tout d'abord, ce fut comme d'habitude. Silence, souffle au ralenti, chaleur progressive.

Puis la brise revint ; il la sentit distinctement lui ébouriffer les cheveux. Et avec elle l'odeur de paille humide. Les yeux grands ouverts dans le noir, il se mit à respirer par la bouche pour éviter de s'en emplir les narines.

Quelque part dans l'obscurité, il distinguait un rectangle de lumière grisâtre.

Une fenêtre, se dit-il aussitôt.

Son regard s'y attarda et son cœur bondit dans sa poitrine quand la fenêtre s'illumina un bref instant. On aurait dit un éclair. Il tendit l'oreille. Huma l'odeur de paille humide.

Il entendit la pluie qui commençait à tomber.

Il prit peur et dégagea sa tête des couvertures.

Pour se retrouver dans la touffeur[1] de sa chambre. Il ne pleuvait pas. La chaleur était oppressante car il avait laissé la fenêtre fermée.

Les yeux au plafond, il se demanda à quoi pouvait être due cette illusion.

Il ramena les couvertures sur lui pour s'assurer de son impression. Observa une parfaite immobilité, les paupières bien closes.

Voilà que l'odeur lui envahissait de nouveau les narines. La pluie martelait violemment les carreaux. Il ouvrit les yeux, se concentra et distingua des rideaux de pluie dans les éclairs. Puis elle se mit à dégringoler aussi au-dessus de lui, sur un toit de bois. Il se trouvait dans une bâtisse pourvue d'un toit de bois et contenant de la paille humide.

Une grange.

Voilà pourquoi le tableau l'avait effrayé. Mais pourquoi cette peur ?

Il essaya de toucher la fenêtre mais ne parvint pas à l'atteindre. La brise soufflait sur son bras et sur sa main. Il désirait toucher cette fenêtre. Voire, pensée ô combien réjouissante, l'ouvrir, passer la tête au-dehors, dans la pluie, et rabattre brusquement les couvertures pour voir s'il avait les cheveux mouillés.

Il se sentait gagné par l'impression d'un espace autour de lui. C'en était fini du sentiment d'être confiné dans un lit. Il avait conscience du matelas sous ses reins, mais comme s'il était allongé

---

1. ***Touffeur*** : atmosphère chaude et étouffante.

dessus en plein air. La brise soufflait sur la totalité de son corps. Et l'odeur était plus prononcée.

Il écouta. Perçut un couinement, puis un hennissement. Continua de tendre l'oreille.

Il s'avisa alors qu'il ne sentait plus du tout le matelas.

Comme si, de la taille aux pieds, il reposait sur un plancher glacé.

Affolé, il tendit les mains, rencontra le bord des couvertures et les repoussa.

Son pyjama collait à son corps trempé de sueur. Il se leva et alluma. Dès qu'il l'eut ouverte, la fenêtre laissa entrer une brise rafraîchissante.

Ses jambes tremblaient sous lui et il dut se cramponner à la commode pour éviter de tomber.

Le visage que lui renvoya la glace était blême [1] de peur. Il leva une main et constata qu'elle tremblait. Il avait la gorge sèche.

Il se rendit à la salle de bains et avala quelques gorgées d'eau. Puis, de retour dans la chambre, il examina son lit. Il ne remarqua rien de particulier à part les couvertures et les draps emmêlés, ainsi que les traces de sa transpiration. Il souleva la literie. La secoua devant la lumière et l'inspecta minutieusement. Rien.

Il prit un livre et passa le reste de la nuit à lire.

Le lendemain, il retourna au musée voir le tableau.

Il chercha à se rappeler s'il s'était jamais trouvé dans une grange. Pleuvait-il et avait-il contemplé les éclairs par une fenêtre ?

La mémoire lui revint.

C'était pendant leur lune de miel [2]. Ils étaient partis se promener, avaient été surpris par la pluie et s'étaient réfugiés dans une grange en attendant la fin de l'averse. Il y avait un cheval dans un box, des souris qui couraient ici et là et de la paille humide.

Mais qu'est-ce que cela signifiait ? Il n'avait aucune raison de s'en souvenir maintenant.

---

1. ***Blême*** : très pâle, comme maladif.
2. ***Lune de miel*** : les premiers temps du mariage.

Le soir venu, il eut peur de se mettre au lit. Il en reculait le moment. Enfin, incapable de garder les yeux ouverts plus longtemps, il s'allongea tout habillé, laissant la fenêtre fermée. Sans couverture.

Il dormit d'un sommeil profond, sans rêves.

À l'approche du petit matin, il s'éveilla. Le jour commençait tout juste à poindre. Sans réfléchir, il attrapa une couverture sur le fauteuil et la jeta sur lui.

Sans transition, il se retrouva dans la grange.

Pas un bruit. Il ne pleuvait pas. La fenêtre diffusait une clarté grisâtre. Se pouvait-il que ce soit aussi le matin dans sa grange imaginaire ?

Encore à moitié endormi, il sourit. Voilà qui était vraiment intéressant. Il lui faudrait renouveler l'expérience l'après-midi, pour voir si la grange serait pleinement éclairée.

Il allait rabattre la couverture de sur sa tête quand il perçut un bruissement près de lui.

Il retint son souffle. Il lui sembla que son cœur se bloquait et il éprouva des picotements dans le cuir chevelu.

Un léger soupir parvint à ses oreilles.

Quelque chose de moite lui effleura la main.

Dans un hurlement, il rejeta la couverture et bondit sur ses pieds.

Il resta debout, les yeux fixés sur le lit, les doigts crispés sur la couverture. Son cœur cognait à tout rompre.

Il se laissa retomber sur le lit, sans forces. Le soleil se levait.

Une semaine durant, il dormit assis dans un fauteuil. Enfin, une bonne nuit de repos s'avérant indispensable, il s'allongea tout habillé sur le lit. Plus question d'utiliser une couverture.

Le sommeil vint, noir et sans rêves.

Il n'aurait su dire à quelle heure il se réveilla. Un sanglot s'étrangla dans sa gorge. *Il était de nouveau dans la grange.* Des éclairs illuminaient la fenêtre et la pluie tambourinait sur le toit.

Pris de peur, il tâtonna autour de lui, mais il n'y avait plus de couverture nulle part. Ses mains battaient l'air frénétiquement[1].

1. ***Frénétiquement*** : avec violence, follement.

Ses yeux se portèrent vers la fenêtre. S'il arrivait à l'ouvrir, il pourrait s'échapper ! Il tendit la main aussi loin que possible. Plus près. Toujours plus près. Il y était presque. Encore un ou deux centimètres et ses doigts la toucheraient.

« *John.* »

Un brusque réflexe lui fit plonger la main à travers la vitre. Il sentit la pluie lui cingler les doigts et une brûlure atroce lui déchira le poignet. Il ramena aussitôt son bras et fixa un regard terrorisé sur l'endroit d'où était venue la voix.

Quelque chose de blanc bougea près de lui et une main tiède lui caressa le bras.

« *John*, reprit le murmure. *John.* »

Incapable de parler, il tâtonna autour de lui, essayant désespérément d'agripper sa couverture. Mais ses doigts ne rencontrèrent que le souffle de la brise. Il avait sous lui un plancher froid.

Il laissa échapper un gémissement de frayeur. Son nom fut de nouveau prononcé.

Alors l'éclair flamboya et il vit sa femme étendue près de lui qui lui souriait.

Soudain, ses mains se refermèrent sur le bord de la couverture. Il la repoussa et se laissa rouler du lit sur le plancher.

Quelque chose lui coulait sur le poignet ; il ressentait une douleur sourde dans le bras.

Il se mit debout et actionna l'interrupteur. Une lumière crue envahit la chambre.

Il vit son bras couvert de sang. Il retira un éclat de verre de son poignet et le laissa tomber par terre, horrifié.

Sur l'avant-bras, elle lui avait laissé l'empreinte sanglante de ses doigts.

Il arracha le drap du lit et se précipita dans le couloir en direction de la salle de bains. Il nettoya le sang à grande eau, versa de la teinture d'iode sur la large entaille et la banda. La brûlure lui donnait le vertige. Des gouttes de sueur froide lui coulaient dans les yeux.

Un des pensionnaires entra. John lui expliqua qu'il s'était coupé accidentellement. À la vue de tout ce sang, l'homme se rua vers le téléphone pour appeler un médecin.

John s'assit au bord de la baignoire et regarda son sang goutter sur le carrelage.

Le lendemain, la coupure était nettoyée et pansée.

L'explication de John laissa le docteur sceptique[1]. Il avait déclaré s'être blessé avec un couteau ; mais le couteau en question restait introuvable et draps et couvertures étaient maculés de copieuses taches de sang.

On lui ordonna de ne pas bouger de sa chambre et de garder son bras au repos.

Il passa la plus grande partie de la journée à lire et à songer à cette coupure qu'il s'était faite en rêvant.

L'évocation de sa femme l'émoustilla[2]. Elle était encore belle.

Ses souvenirs se précisèrent.

Étendus sur la paille dans les bras l'un de l'autre, ils avaient écouté la pluie. Il ne se rappelait pas ce qu'ils s'étaient dit.

Il n'avait pas peur qu'elle revienne. Il avait une vision réaliste de la vie. Elle était morte et enterrée.

Il était victime d'une aberration mentale[3]. De quelque crise psychologique qui avait attendu ce moment pour se manifester.

Puis il regarda son poignet et vit le bandage.

Mais ce n'était pas de sa faute à elle. Elle ne lui avait pas demandé de passer la main à travers la vitre.

Peut-être pouvait-il être avec elle dans une existence et profiter de son argent dans une autre.

Néanmoins, quelque chose le retenait. C'était une expérience *vraiment* terrifiante qu'il avait connue là. La paille humide et les ténèbres, les souris et la pluie, le froid à glacer les os.

Il prit sa décision.

---

1. ***Sceptique*** : en état de doute.
2. ***Émoustilla*** : le rendit de bonne humeur, l'excita.
3. ***Aberration mentale*** : égarement, folie.

Le soir, il éteignit de bonne heure et s'agenouilla près du lit.

Il se contenta de mettre sa tête sous les couvertures. Si les choses tournaient mal, il n'aurait qu'à la retirer au plus vite.

Il attendit.

Bientôt, il sentit l'odeur de la paille et entendit la pluie. Il chercha sa femme des yeux. Prononça doucement son nom.

Un bruissement. Une main tiède lui caressa la joue. Dans un premier temps, il sursauta. Puis il sourit. Le visage de sa femme lui apparut et elle posa sa joue contre la sienne. Le parfum de ses cheveux était grisant.

Des mots lui emplirent l'esprit.

John. Nous ne faisons toujours qu'un. Promis ? Jamais de séparation ? Si l'un de nous meurt, l'autre attendra ? Si je meurs, tu attendras et je trouverai un moyen de te rejoindre ? Oui, je viendrai à toi et t'emmènerai avec moi.

Et voilà que je suis partie. Tu m'as préparé ce breuvage et je suis morte. Et tu as ouvert la fenêtre pour laisser entrer la brise. Et maintenant je suis de retour.

Il se mit à trembler.

La voix se fit plus âpre[1], il perçut un grincement de dents, un souffle qui s'accélérait. Elle lui toucha le visage du bout des doigts. Les lui passa dans les cheveux et lui caressa le cou.

Il commença à gémir. Lui demanda de le lâcher. Pas de réponse. Elle respirait toujours plus vite. Il tenta de se dégager. Tâta du pied le plancher de sa chambre. Déploya tout ce qu'il avait de force pour retirer sa tête de sous la couverture. Mais quelle puissance dans l'étreinte qui s'exerçait sur lui !

Elle entreprit de l'embrasser sur la bouche. Ses lèvres étaient froides, ses yeux grands ouverts. Il se noyait dans son regard tandis que leurs souffles se mêlaient.

Puis elle rejeta la tête en arrière, et voilà qu'elle riait tandis que les éclairs zébraient la fenêtre. La pluie grondait sur le toit,

---

1. ***Âpre*** : dure, rude.

les souris couinaient, le cheval piaffait et faisait vibrer toute la grange. Elle referma les doigts sur son cou. Il tira de toutes ses forces, les dents serrées, et s'arracha à son étreinte. Il éprouva une douleur subite et roula sur le plancher.

Quand sa logeuse[1] vint faire le ménage deux jours plus tard, il n'avait pas changé de position. Les bras en croix, il gisait dans une mare de sang séché, rigide et froid.

Sa tête devait rester introuvable.

1. ***Logeuse*** : personne qui loue la chambre.

J'veux voir le Père Noël

Durant toute la traversée du parking, Richard ne cessa de pleurnicher.

« Ça-suf-fit ! scanda Helen quand ils atteignirent la voiture. On ira le voir mardi. Combien de fois il faut que je te le répète ?

– Veux le voir *maintenant* », sanglota le gamin.

Ken cherchait ses clés en essayant de ne pas laisser tomber les paquets qui encombraient ses bras. « Bon, fit-il avec hargne [1], je vais l'emmener.

– Qu'est-ce que tu veux dire ? » Elle fit passer ses emplettes d'une main à l'autre et frissonna dans le vent froid qui balayait le parking.

« Je dis que je vais l'emmener maintenant. » Il tâtonnait pour trouver la serrure.

« *Maintenant ?* Il est trop tard. Pourquoi tu ne l'as pas emmené quand on était dans le magasin ? On avait tout le temps à ce moment-là.

– Je l'emmène tout de suite. Qu'est-ce que ça change ?

– J'veux voir le Père Noël ! serina [2] Richard avec un regard suppliant en direction de sa mère. J'veux voir le Père Noël *tout de suite*, maman !

– Pas maintenant, Richard », lui répondit Helen en secouant la tête. Elle laissa tomber ses achats sur le siège avant et s'étira les bras. « Ça-suf-fit, j'ai dit, l'avertit-elle au moment où Richard se

1. ***Hargne*** : agressivité et mauvaise humeur.
2. ***Serina*** : répéta sans se lasser.

remettait à pleurnicher. Maman est trop fatiguée pour retourner au magasin.

– Tu n'as pas besoin d'y aller, dit Ken en jetant ses paquets à côté des siens. Je vais l'emmener. » Il alluma le plafonnier.

« Maman, *s'il te plaît*, maman. *S'il te plaît.* »

Elle se ménagea une place sur le siège et s'y laissa choir avec un soupir excédé. Ken remarqua la mèche de cheveux bruns qui lui pendait sur le front, son rouge à lèvres qui fichait le camp.

« Pourquoi ce brusque changement d'avis ? lui demanda-t-elle d'une voix lasse. Je t'ai bien demandé cent fois de l'emmener quand nous étions au magasin.

– Mais enfin, qu'est-ce que ça change ? s'énerva-t-il. Tu veux revenir ici mardi simplement pour voir le Père Noël ?

– Non.

– Dans ce cas... » Il remarqua les plis que faisaient ses bas au moment où elle rentrait ses jambes. Elle lui parut vieille et revêche [1] dans la lumière chiche [2] du plafonnier. Il en éprouva une curieuse sensation au creux de l'estomac.

« *S'il te plaît*, maman ? » geignait [3] Richard, comme si, pensa Ken, Helen était la seule détentrice de l'autorité, comme si *lui*, le père, n'avait pas son mot à dire. Ce qui était sans doute le cas.

Helen s'absorba dans la contemplation du pare-brise, morose [4], puis elle se pencha pour éteindre le plafonnier. Deux heures passées à subir la frénésie des gens occupés à faire leurs achats de Noël, l'énervement des vendeuses, les demandes réitérées de Richard pour ce qui était de voir le Père Noël et les refus irrités de Ken l'avaient éreintée.

« Et qu'est-ce que je suis censée faire pendant que vous serez partis ? demanda-t-elle.

---

1. ***Revêche*** : sèche, rude, repoussante.
2. ***Chiche*** : très faible.
3. ***Geignait*** : gémissait, pleurnichait.
4. ***Morose*** : triste, sombre.

– Enfin, quoi, il n'y en a que pour quelques minutes», répliqua Ken. Il s'était montré de mauvaise humeur toute la soirée, tantôt lointain et taciturne[1], tantôt les rabrouant sèchement, elle ou Richard.

«Bon, ça va, allez-y.» Elle ramena les pans de son manteau sur ses jambes. «Mais dépêchez-vous.

– Le Père *Noël*, le Père *Noël* ! s'écria Richard en tirant joyeusement sur le pardessus de son père.

– Oui ! s'emporta Ken. Cesse de me harceler comme ça, pour l'amour du ciel !

– Il est né le Divin Enfant, chantons tous son avènement[2], soupira Helen, accablée.

– Tu peux le dire !» grommela Ken. Il saisit la main de Richard. «Allez, viens.»

Helen referma la portière. Ken nota qu'elle n'appuyait pas sur le bouton du verrou. Elle pouvait encore le faire quand ils seraient partis. *Les clés !* Ce fut comme une explosion dans sa tête. Il plongea une main dans la poche de son pardessus et ses doigts tremblants se crispèrent sur le métal froid. Il essaya en vain de déglutir tant sa gorge était sèche et se contenta d'inhaler l'air glacé par saccades, son cœur lui assenant comme des coups de poing dans la poitrine. Du calme, s'enjoignit-il. Du... calme.

Il se garda bien de se retourner. Autant jeter un dernier regard sur un enterrement. Il s'obligea à se concentrer sur les illuminations au néon au fronton du grand magasin. Il sentait à peine la main de Richard dans la sienne. De l'autre, il étreignait les clés dans sa poche. Non, il ne regarderait pas en arrière, il...

«Ken !»

Il sursauta de tout son corps et se figea quand la voix de sa femme lui parvint, toute petite dans l'immense parking. Il se retourna machinalement et la vit debout près de la Ford.

1. ***Taciturne*** : silencieux.
2. ***Il est né le Divin Enfant, chantons tous son avènement*** : paroles d'une chanson traditionnelle de Noël.

« Laisse-moi les clés ! cria-t-elle. Comme ça, je pourrai venir vous prendre devant le magasin ! Ça vous évitera de refaire tout ce chemin à pied ! »

Il fixa sur elle un regard vide, l'estomac soudain noué. « C'est... » Il s'éclaircit la gorge avec une sorte de fureur. « Ce n'est pas si loin ! » répondit-il.

Il se remit à marcher avant qu'elle puisse répondre, remarquant le coup d'œil que lui lança Richard. Les battements de son cœur lui faisaient maintenant l'effet de véritables coups de massue.

« Maman appelle, dit Richard

– Tu veux voir le Père Noël, oui ou non ? lui lança sèchement Ken.

– Ou... oui.

– Alors tais-toi ! »

Il déglutit de nouveau avec peine et allongea le pas. Pourquoi avait-il fallu que *cela* arrive ? Il en eut froid dans le dos. Il ramena son regard sur les illuminations, mais il continuait de voir Helen debout près de la voiture dans son manteau de velours côtelé vert, un bras légèrement levé, les yeux fixés sur lui. Et même d'entendre sa voix – *ça vous évitera de refaire tout ce chemin à pied !* –, faible et plaintive dans les rafales du vent nocturne.

Ce vent qui lui gelait à présent les joues, tandis que ses chaussures et celles de Richard produisaient des craquements irréguliers sur l'asphalte [1] semé de graviers. Soixante-dix mètres, oui, il y avait bien soixante-dix mètres jusqu'au magasin. Et ce bruit soudain ? Le claquement de la portière de leur voiture ? Helen était sûrement en colère. Si elle appuyait sur le bouton du verrouillage, il serait plus difficile de...

Son chapeau sombre rabattu sur les yeux, l'homme se tenait au bout de l'allée. Ken fit semblant de ne pas le voir, mais l'air lui parut brusquement se raréfier, comme s'il avait quitté

1. ***Asphalte*** : sol goudronné.

l'atmosphère pour s'enfoncer dans des ténèbres glacées proches du vide. Un effet de la constriction[1] qui s'exerçait sur son cœur, de son impression que ses poumons n'arrivaient pas à emmagasiner.

« Est-ce que le Père Noël m'aime ? » demanda Richard.

Ken se força à respirer normalement. « Oui, oui. Bien sûr. » L'homme contemplait le ciel, les deux mains enfoncées dans les poches de son vieux pardessus à carreaux, comme s'il attendait que sa femme sorte du magasin. Mais il ne s'agissait de rien de tel. Les doigts de Ken se crispèrent sur les clés. Il se sentait des jambes en bois, un bois infiniment pesant, à mesure qu'il se rapprochait de l'homme.

Non, pas question de faire ça, se dit-il soudain. Il passerait à côté de l'homme, emmènerait Richard voir le Père Noël, regagnerait la voiture, rentrerait à la maison et oublierait tout ça. Il se sentait incapable d'aller jusqu'au bout, sans forces. Helen toute seule dans la Ford, à côté de leurs achats de Noël, en train d'attendre le retour de son mari et de son fils… Cette pensée lui communiquait d'étranges picotements électriques dans tout le corps. Non, pas question de faire ça. Il entendait les mots comme si quelqu'un les prononçait dans sa tête. Non, pas question…

Sa main se refroidissait et s'engourdissait sur les clés, la circulation du sang ne se faisant plus, tellement, sans s'en rendre compte, il les serrait fort.

Et pourtant, il *fallait* qu'il le fît. C'était la seule solution. Il ne voulait pas retourner à la frustration crucifiante[2] qu'était son présent, ni au morne désert qu'était son avenir. Des flots de rage intérieure l'empoisonnaient. Pour sa propre santé, pour ce qu'il lui restait de vie, il fallait que ce fût fait.

Ils atteignirent le bout de l'allée et passèrent devant l'homme.

« Papa ! s'écria Richard, tu as laissé tomber tes clés !

---

1. *Constriction* : pression.

2. *Frustration crucifiante* : insatisfaction douloureuse.

– Allons, viens ! » Il tira sur la main de son fils en se forçant à ne pas regarder par-dessus son épaule.

« Mais si, papa ! Tu...

– Je t'ai dit... »

Ken n'alla pas plus loin : Richard s'était déjà échappé pour se précipiter vers l'endroit où gisait le trousseau de clés. Il lança un regard impuissant à l'homme, qui n'avait pas bougé. Celui-ci parut hausser les épaules, mais Ken ne put voir l'expression de son visage sous le chapeau à large bord.

Richard revint aussi vite qu'il était parti et lui tendit les clés. « Tiens, papa. »

Ken les glissa dans la poche de son pardessus d'une main mal assurée, dans un état de consternation nauséeuse[1] qui lui nouait les entrailles. Ça ne marchera pas, songea-t-il, en proie à une atroce déception et à un sentiment de culpabilité tout aussi atroce.

« Dis merci », fit Richard en reprenant la main de son père.

Ken demeura immobile, indécis, les doigts toujours refermés sur les clés dans sa poche. Une tension musculaire complice l'entraînait vers l'homme, mais il savait qu'il ne pouvait y céder sous les yeux de Richard.

« Viens, papa », le pressa celui-ci.

Ken se retourna aussitôt, le visage pareil à un masque peint, et se remit en marche vers le magasin. Hormis une vague impression de vertige, il ne sentait plus rien. C'est fini ! pensa-t-il, pris d'une rage amère. *Fini !*

« Dis merci, papa.

– Vas-tu... ! » Le son de sa voix le fit tressaillir et il opposa à l'explosion hystérique[2] qui allait suivre la barrière tremblante de ses lèvres serrées. Richard se tut, se contentant de jeter un regard timide sur le visage tendu de son père.

Ils étaient à mi-chemin de l'entrée du magasin quand l'homme au manteau à carreaux les dépassa, frôlant Ken.

---

1. ***Nauséeuse*** : qui provoque des nausées, des vomissements.
2. ***Hystérique*** : violente et proche de la crise de folie.

« S'cusez-moi », marmonna-t-il, et comme par hasard, son bras toucha brutalement la poche où se trouvaient les clés, indiquant par là qu'il les voulait et était prêt à les recevoir.

Puis il continua son chemin à grands pas saccadés en direction du magasin. Ken le regarda s'éloigner avec l'impression d'avoir la tête prise dans l'étau de deux grandes mains. Ce n'est pas fini, se dit-il, sans même savoir s'il en était heureux ou pas. Il vit l'homme s'arrêter et se retourner devant l'une des portes vitrées qui flanquaient le tambour de l'entrée. Maintenant, s'enjoignit-il, il faut que ce soit maintenant. Il ressortit les clés.

« Je veux entrer par là, papa ! » Richard le tirait vers le tambour qui expédiait les clients dans le brouhaha de la foule ou le silence de la nuit froide.

« Il y a trop de monde », s'entendit-il dire, mais c'était quelqu'un d'autre qui parlait. Il y va de mon avenir, ne cessait-il de se répéter, de mon avenir.

« Mais non, papa ! »

Il ne discuta pas. Il poussa brusquement Richard vers la porte latérale. Et au moment où il la tirait vers lui de la main qui tenait les clés, il les sentit glisser de ses doigts.

Une seconde plus tard, Richard et lui se trouvaient dans la lumière crue, à peine supportable, du magasin. C'était fait.

Ken n'eut pas besoin de regarder par-dessus son épaule pour savoir que l'homme regagnait le parking plongé dans l'obscurité, marchait vers l'allée où la Ford était garée.

L'espace d'un instant horrible, il crut qu'il allait crier, ameuter tout le monde. Un immense malaise s'empara de lui, et il faillit bel et bien hurler et replonger dans la nuit à la poursuite de l'homme. Non, j'ai changé d'avis. Je ne veux plus ! En cet instant, tout ce qu'il détestait chez Helen et dans sa vie avec elle parut s'évanouir, et il ne se souvint plus que d'une chose : elle allait venir les prendre en voiture devant le magasin, lui et Richard, pour qu'ils n'aient pas à refaire tout ce chemin dans le parking et le froid glacial qui le balayait.

Mais Richard l'entraînait déjà dans la chaleur, le bruit et le grouillement des clients, et il se laissait faire, étourdi, s'enfonçant toujours plus avant dans le magasin. Un carillon s'en donnait à cœur joie au balcon du premier étage… *Il est né le Divin Enfant, chantons tous son avènement.* Helen avait dit cela tout à l'heure. La tête lui tournait, il se sentait mal, son front commençait à ruisseler de sueur. Il ne pouvait plus revenir en arrière.

Il s'arrêta au milieu du rez-de-chaussée et s'appuya contre un pilier, les jambes en coton. C'est trop tard, pensa-t-il. Trop tard. Il ne pouvait plus rien faire.

« J'veux voir le Père Noël, papa. »

La respiration entrecoupée, les lèvres entrouvertes, il hocha péniblement la tête. « Oui… on y va. »

Il essaya de se remettre en marche en ne pensant à rien – pour s'apercevoir aussitôt que c'était impossible. C'était un défilé d'images dans sa tête. L'homme s'avançant vers la Ford dans la large allée. L'homme examinant la plaque d'immatriculation miniature attachée au porte-clés pour s'assurer qu'il ne se trompait pas de voiture. Le visage de l'homme ce fameux soir, dans le bar de Main Street – émacié [1], pâle, la vénalité [2] incarnée… Il réprima le gémissement qui lui venait aux lèvres. *Helen*, fit une voix intérieure chargée d'angoisse.

POUR LA MAISON MAGIQUE DU PÈRE NOËL ! Comme un automate, il se dirigea vers l'escalator qui menait au sous-sol, tandis que Richard sautillait et se trémoussait à côté de lui en murmurant, le souffle entrecoupé par l'émotion : « *Le Père Noël, le Père Noël.* » Que ressentirait Richard quand sa mère serait…

Et puis, bon ! Il suscita en lui une rage roborative [3]. S'il devait penser, que ce soit au futur, pas à ça. Il n'avait pas combiné tout ça pour s'effondrer lamentablement au moment fatidique. Il y avait

---

1. ***Émacié*** : très maigre.
2. ***Vénalité*** : cupidité, attachement à l'argent au mépris des valeurs morales.
3. ***Roborative*** : qui fortifie, qui redonne des forces.

une raison à son acte ; il n'était pas le produit de quelque méchanceté irréfléchie.

Ils s'engagèrent sur l'escalator. La main de Richard serrait très fort la sienne, mais il la sentait à peine. L'Amérique du Sud et Rita... voilà à quoi il voulait songer. Les vingt-cinq mille dollars de l'assurance ; la fille qu'il désirait à l'époque où il était étudiant et qu'il n'avait jamais cessé de désirer ; un avenir sans lutte avilissante[1] pour garder un poil d'avance sur les créanciers[2]. La liberté, des plaisirs simples et une union que n'effriterait pas l'abrasion[3] d'une existence mesquine.

L'escalator montant croisait le leur, et Ken se prit à jeter des coups d'œil sur les visages – fatigués, renfrognés, heureux, sans expression. *C'est la belle nuit de Noël*, se mit à jouer le carillon. Ken regarda droit devant lui en songeant à Rita et à l'Amérique du Sud. Cette pensée rendait les choses infiniment plus faciles.

Le carillon s'estompa, noyé dans une interprétation chorale particulièrement braillarde de « Jingle Bells[4] ». Richard s'agita de plus belle quand ils quittèrent l'escalator, et Ken se surprit à penser de nouveau à Helen. *Sûr que les cloches allaient sonner pour elle !*

« C'est là ! s'écria Richard en tirant frénétiquement sur la main de son père. C'est là !

– Bon, bon ! » marmonna Ken entre ses dents, et il se laissa entraîner en direction de la file d'attente qui avançait à petits pas vers la Maison magique du Père Noël.

Était-ce déjà fait ? De nouveau ce serrement de ventre. L'homme était-il dans la voiture ? Avec Helen inconsciente à l'arrière ? Traversait-il le parking en direction des petites rues sombres où il devait... ?

1. ***Avilissante*** : humiliante, honteuse.
2. ***Créanciers*** : personnes auxquelles on doit de l'argent.
3. ***Abrasion*** : usure.
4. ***« Jingle Bells »*** : air traditionnel de Noël sur le thème des cloches.

Ne vous inquiétez pas. Les dernières paroles de l'homme étaient comme marquées au fer rouge dans sa tête. *Ne vous inquiétez pas. Ce sera du travail bien fait.*

Bien fait, bien fait, bien fait, bien fait. Les mots lui martelaient le crâne tandis que Richard et lui progressaient lentement vers la maison du Père Noël. Cent dollars à la commande, neuf cents ensuite… le prix d'une femme de taille moyenne.

Ken ferma brusquement les yeux et se sentit frissonner comme si un froid soudain avait remplacé la touffeur du magasin. Il avait mal à la tête. Des gouttes de sueur ruisselaient de ses aisselles, courant sur sa peau comme des insectes. Il est trop tard, se dit-il en s'avisant qu'une partie de la tension qu'il éprouvait depuis son entrée dans le magasin venait de ce qu'il ne cessait de lutter contre son envie de retourner au plus vite à la voiture pour arrêter l'homme.

Mais comme tu le dis si bien, entendit-il une petite voix murmurer dans sa tête, il est trop tard.

« Qu'est-ce qu'il faut que je dise au Père Noël, papa ? » demanda Richard.

Ken abaissa un regard lugubre sur son fils de cinq ans. Il sera beaucoup mieux avec la mère d'Helen, songea-t-il. Oui, beaucoup mieux. Je ne peux pas…

« Dis, papa ? » insista l'enfant.

Ken essaya de sourire. L'espace d'un instant, il parvint même à se visualiser en homme courageux qui faisait bonne figure sous le terrible fardeau dont le destin avait chargé ses épaules.

« Dis-lui… ce dont tu as envie pour Noël. Dis-lui que tu as été… bien sage et… ce dont tu as envie pour Noël. C'est tout.

– Mais je m'y prends comment ? »

La vision s'était déjà effacée. Il savait exactement ce qu'il était et ce qu'il avait fait.

« Qu'est-ce que j'en sais, moi ? s'énerva-t-il. Écoute, si tu ne veux pas le voir, rien ne te force. »

Devant eux, un homme se retourna et secoua la tête à l'adresse de Ken, sourire désabusé en prime, comme pour lui dire : Je sais ce que tu endures, l'ami. Ken ne lui accorda en retour qu'un vague étirement des lèvres dépourvu de gaieté.

Bon Dieu, il faut que je sorte d'ici, se dit-il pitoyablement. Comment puis-je rester ici alors que…

Il avait du mal à respirer. C'était pourtant ce qu'il avait à faire. Suivre le plan établi. Il n'allait pas tout gâcher avec son cinéma imbécile.

Si seulement il pouvait être avec Rita, dans son appartement, tout près d'elle. Mais c'était impossible. Il se préparerait quelque chose à boire, quelque chose de fort. N'importe quoi du moment que ça calmait les nerfs.

Ils poussèrent le portillon blanc, ce qui déclencha un rire préenregistré tonitruant. Ken sursauta et regarda autour de lui. Ce rire lui paraissait celui d'un dément. Il essaya de ne pas l'entendre, mais il le cernait, lui vrillant [1] les tympans.

Puis le portillon se referma derrière eux et le rire cessa. Il entendit une voix flûtée qui gazouillait quelque part dans la sono : *Ze vous souhaite un zoyeux Noël et une Bonne Année.*

Du travail bien fait.

Ken lâcha Richard pour essuyer sa paume moite sur son pardessus. L'enfant essaya de lui reprendre la main, mais Ken la retira si brutalement que le gamin en fut apeuré et tout désorienté.

Non. Non, tu ne dois pas agir ainsi, le morigéna [2] la petite voix dans sa tête. Richard risquait d'être interrogé, de se voir poser des questions du genre : *Comment ton papa se comportait quand vous étiez tous les deux dans le magasin ?* Il saisit la main de son fils et réussit à lui sourire.

« On y est presque », dit-il. Le calme de sa voix le stupéfia. Je vous répète que je ne sais pas comment j'ai perdu les clés. Je les

---

1. ***Vrillant*** : perçant, comme une vrille.
2. ***Morigéna*** : voir note 1, p. 45.

avais dans la poche de mon pardessus quand je suis entré dans le magasin ; j'en suis sûr. C'est tout ce que je sais. Insinueriez-vous que... ?

Non ! IL AVAIT TOUT FAUX ! Peu importait ce qu'ils suggéraient, il ne devait pas laisser voir qu'il comprenait. Sous le choc, hébété [1], à peine capable de cohérence – voilà comment il devait se montrer. Comme un homme qui a emmené son fils voir le Père Noël et à qui on apprend le lendemain qu'on a trouvé sa femme morte dans la voiture.

Du travail bien fait... Pourquoi n'arrivait-il pas à oublier cette phrase !

Le Père Noël était assis dans un fauteuil à dossier haut sur le seuil de la maison magique – magique parce qu'elle changeait de couleur toutes les quinze secondes. C'était un homme corpulent, d'âge mûr, à la voix émaillée de gloussements, qui prenait les enfants un instant sur ses genoux, prononçait les formules rituelles, puis remettait les petits par terre, nantis [2] d'une sucette à la menthe, et leur tapotait le derrière en disant au revoir et joyeux Noël.

Quand le tour de Richard arriva, le Père Noël le souleva et l'installa sur ses larges genoux emmitouflés de rouge. Ken resta au bas des marches, étourdi par la chaleur, fixant d'un œil éteint le visage barbouillé de rouge, la barbe atrocement fausse.

« Eh bien, fiston, dit le Père Noël, tu as été sage cette année ? »

Richard essaya de répondre, mais les mots restèrent coincés dans sa gorge. Ken le vit hocher la tête en rougissant d'émotion. Il sera mieux avec la mère d'Helen. Je ne saurais pas m'en occuper. Je...

Ses yeux se concentrèrent sur le gros visage rouge et barbu. « Pardon ?

– Je disais : est-ce que ce garçon a été sage cette année ?

---

1. ***Hébété*** : abruti.
2. ***Nantis*** : munis.

– Oh. Oui. *Oui.* Très sage.

– Eh bien, voilà qui fait plaisir au vieux Père Noël. Drôlement plaisir. Et qu'est-ce que tu aimerais pour Noël, fiston ? »

Ken se tenait immobile, sa chemise s'imprégnant de sueur pendant que la petite voix monotone de son fils énumérait tous les jouets dont il avait envie. Le simulacre de perron [1] tremblotait sous ses yeux. Je suis malade, se dit-il. Il faut que je sorte d'ici, que je respire un peu d'air frais. Je regrette, Helen, je regrette. Je… je ne pouvais pas faire autrement, comprends-tu ?

Puis Richard redescendit les marches avec sa sucette à la menthe et ils se dirigèrent vers l'escalator.

« Le Père Noël a dit que j'aurai *tout* ce que j'ai mandé. »

Ken hocha la tête de façon saccadée tout en fouillant les poches de son veston à la recherche d'un mouchoir. Les gens ne croiraient pas forcément que c'était de la sueur qu'il épongeait sur ses joues. Peut-être penseraient-ils qu'il débordait d'émotion parce que c'était Noël, qu'il adorait Noël au point d'en avoir les larmes aux yeux.

« Je le dirai à maman, continua Richard.

– C'est ça. » Sa voix était à peine audible. On va sortir du magasin et retourner là où on a garé la voiture. On va chercher un moment. Puis j'appellerai la police.

« Oui, dit-il.

– Quoi, papa ? »

Il secoua la tête. « Rien. »

L'escalator les remonta au rez-de-chaussée. Et les chœurs de « Jingle Bells » de se remettre en route. Ken se tenait derrière Richard, les yeux fixés sur ses cheveux blonds. C'est maintenant le moment le plus important, se dit-il. Jusque-là, il ne s'agissait que de combler le temps.

Il allait devoir paraître surpris au téléphone, irrité. Un peu inquiet, peut-être, mais pas trop. Un homme ne s'affole pas en

---

1. ***Simulacre de perron*** : fausse rampe (décor).

pareilles circonstances. En principe, il ne saurait imaginer que la disparition de sa femme signifie… Derrière eux, le rire préenregistré se fit vaguement entendre par-dessus le chant choral.

Il essaya d'effacer, comme sur un tableau noir, tout ce qui lui trottait dans la tête, mais les mots ne cessaient de s'y reformer. Paraître un peu inquiet, un peu irrité, un peu…

… Nous n'insinuons rien, monsieur Burns. Brusquement, ils étaient de nouveau après lui. Nous disions simplement que vingt-cinq mille dollars, c'est une grosse assurance.

Écoutez ! Son visage se durcit comme s'il s'emportait contre eux. C'est quelque chose que nous ne prenons pas à la légère. Je suis moi-même assuré pour vingt-cinq mille dollars. Vous semblez l'oublier.

C'était là son meilleur atout. L'assurance ne datait que d'un an, mais au moins étaient-ils tous les deux assurés pour une somme égale.

Ses chaussures raclèrent la butée de l'escalator et il se retrouva au rez-de-chaussée, marchant à côté de son fils vers les portes qui allaient les propulser dans la nuit. Un léger courant d'air agita le bas de son pantalon. Il sentit le froid sur ses chevilles. On cherchera un petit moment aux alentours, et j'ap…

Cela le prit par surprise. Sans qu'il sache pourquoi, voilà qu'il n'arrivait plus à quitter le magasin. Immobilisé devant un rayon, il examinait avec toutes les apparences du plus grand intérêt un assortiment de mouchoirs et de cravates. Il sentait le regard de Richard fixé sur lui et s'admonestait[1]. Il ne faut pas que j'aie l'air troublé ! Je n'ai pas combiné tout ça pour m'effondrer à la dernière minute !

Rita. L'Amérique du Sud. L'argent. C'était bon de songer à l'avenir. Il y avait longtemps qu'il le savait, mais il s'était laissé aller à l'oublier. L'avenir, voilà ce qui importait, Rita et lui ensemble en Amérique du Sud.

---

1. ***S'admonestait*** : se grondait.

Là… il se sentait mieux. Il inspira par à-coups une longue bouffée d'air chaud. Dans ses poches, ses mains se décrispèrent.

« Viens », dit-il. Et cette fois, le calme de sa voix lui procura un plaisir sans mélange. « Sortons. »

Au moment où il prenait la main de Richard dans la sienne, la sonnerie annonçant la fermeture du magasin retentit, dominant le son de l'orgue qui jouait *Ô, douce nuit.* Minutage parfait, se dit-il. Neuf heures du soir, lundi. On va aller jusqu'à l'endroit où on a garé la Ford. Puis j'appellerai la police.

Mais était-ce bien la chose à faire ? Un instant, la panique le saisit. Ne devrait-il pas, normalement, penser qu'Helen avait peut-être perdu patience et…

J'ai pensé qu'elle en avait eu assez d'attendre et qu'elle était rentrée sans nous. Non, elle n'a jamais rien fait de semblable. On est donc rentrés en bus, mon fils et moi, mais ma femme n'était pas à la maison. Et je ne sais pas où elle peut être. Oui, je me suis renseigné auprès de sa mère. Non, nous n'avons qu'elle comme famille en ville.

Ils venaient de franchir la porte du magasin. Les yeux de Ken se portèrent tout de suite sur le parking rempli de voitures. Il ne sentait pas la main de Richard dans la sienne. Il n'était conscient que des battements de son cœur, qui se jetait – comme une créature emprisonnée – contre le mur de sa poitrine. Je me demande bien où maman a pu aller, se vit-il dire à Richard quand ils atteindraient la place de stationnement de la Ford. Où est maman ? répondrait l'enfant. Puis il y aurait l'attente, et enfin, il appellerait la police. Non, elle n'a jamais rien fait de semblable, répétait-il mentalement, à la façon d'une comptine. J'ai pensé qu'elle avait perdu patience et qu'elle était rentrée, mais quand mon fils et moi sommes arrivés à la maison, elle n'était pas là.

L'espace d'un instant, il crut qu'il était mort, que son cœur avait cessé de battre. Il était comme changé en pierre. Seulement sensible au vent froid qui soufflait sur son visage frappé de stupeur.

« Viens, papa », dit Richard en tirant sur sa main.

Il ne bougea pas. Il regardait la voiture, avec Helen assise dedans.

« J'ai froid, papa. »

Il se retrouva en train de marcher dans un état de complète hébétude[1], comme un somnambule. Impossible de retrouver la moindre parcelle d'intelligence. Garder les yeux fixés sur la voiture et sa passagère, endurer la torture que lui infligeait son estomac noué, voilà tout ce dont il était capable. Il se sentait la tête légère, instable, comme prête à s'envoler. Seul le bruit de ses pas, qui éveillait en lui un reste de conscience, continuait de lui faire percevoir son corps comme un tout cohérent.

Il éprouva enfin un immense soulagement.

Helen le regardait.

« Eh bien, il est *temps* », dit-elle.

Il ne réussit pas à articuler un mot. D'une main tremblante, il fit basculer son siège vers le volant pour que Richard puisse grimper à l'arrière.

« Allez, *allez*. Fichons le camp d'ici », s'impatienta Helen.

Ken glissa sa main dans la poche de son pardessus et, du même coup, retrouva la mémoire.

« Alors ? dit Helen.

– Je... je... ne trouve plus les clés. » Il tapota vaguement ses poches. « Pourtant, je les avais quand...

– Oh, *non*. » Sur un ton où la lassitude le disputait au dégoût.

Ken avala sa salive.

« Alors, où sont-elles ? reprit Helen. Je suis sûre que si ta tête n'était pas attachée à tes épaules...

– Je... je ne sais pas. Je... j'ai dû les laisser tomber... quelque part.

– Alors retrouve-les, fit-elle, cassante.

– Oui, oui... » Il repoussa la portière d'un geste presque désespéré et se redressa dans le froid. « Je reviens tout de suite », ajouta-t-il.

---

1. ***Hébétude*** : abrutissement.

Elle ne répondit pas, mais son hostilité était perceptible.

Il referma la portière et s'éloigna de la voiture. Son visage commença à se durcir. Ce saligaud, lui prendre son argent et… !

Il se vit soudain en train d'essayer d'expliquer le trou de cent dollars sur le compte en banque. Jamais Helen ne croirait qu'ils avaient disparu comme ça. Elle ferait son enquête, tomberait sur son retrait, pousserait ses investigations, exigerait des explications. Oh, mon Dieu, songea-t-il, je suis cuit, je suis *cuit.*

Ses yeux se fixèrent sans rien voir sur les immenses illuminations au fronton du magasin. En leur centre, de hautes lettres de néon blanc s'allumaient et s'éteignaient alternativement. Il se concentra soudain sur elles. JOYEUX NOËL – noir. JOYEUX NOËL – noir. JOYEUX NOËL – noir…

Le jeu du bouton

Le paquet était déposé sur le seuil de l'appartement – un carton cubique clos par du ruban adhésif, portant leur nom et leur adresse en capitales écrites à la main : M. ET MME ARTHUR LEWIS, 217 37e RUE, NEW YORK, N.Y. 10016. Norma le ramassa, tourna la clé dans la serrure et entra. La nuit tombait.

Après avoir mis les côtes d'agneau sur le grill, elle se servit un verre et s'assit pour défaire le paquet.

Elle y trouva une petite boîte en bois munie d'un bouton de commande. Un capuchon en verre protégeait le bouton. Norma essaya de le soulever, mais il était solidement fixé. Elle retourna la boîte et vit une feuille de papier pliée scotchée au fond. Elle la détacha et lut : *M. Steward se présentera chez vous à 8 heures du soir.*

Norma plaça la boîte à côté d'elle sur le canapé. Elle dégusta son apéritif et relut la note dactylographiée en souriant.

Peu après, elle regagna la cuisine pour préparer la salade.

La sonnette retentit à huit heures précises. « J'y vais », lança Norma depuis la cuisine. Arthur était en train de lire dans le salon.

Un homme de petite taille se tenait dans le couloir. Il ôta son chapeau. « Madame Lewis ? s'enquit-il poliment.

– Oui ?

– Je suis monsieur Steward.

– Ah, oui. » Norma réprima un sourire. C'était bien ça : un représentant qui allait lui débiter son boniment[1].

1. ***Boniment*** : baratin, discours trompeur pour vanter une marchandise, séduire le client.

« Puis-je entrer ?

– J'ai pas mal à faire, s'excusa Norma. Mais je vais vous rendre votre bidule. » Elle s'apprêta à tourner les talons.

« Vous ne voulez pas savoir de quoi il s'agit ? »

Norma s'arrêta. Le ton de M. Steward l'avait choquée. « Non, je ne pense pas.

– Pourtant, cela pourrait se révéler très utile.

– *Rentable ?* » le défia-t-elle.

M. Steward hocha la tête. « C'est cela même. Rentable. »

Norma fronça les sourcils. L'attitude du visiteur lui déplaisait. « Qu'essayez-vous de vendre ?

– Rien du tout. »

Arthur émergea du salon. « Un problème ? »

M. Steward se présenta.

« Ah, oui, le... » Arthur fit un geste en direction du salon et sourit. « Qu'est-ce que c'est que ce truc, au fait ?

– Ce ne sera pas long à expliquer. Je peux entrer ?

– Si c'est pour vendre quelque chose... »

M. Steward secoua la tête. « Je ne vends rien. »

Arthur regarda sa femme. « À toi de décider », dit-elle.

Il hésita. Puis : « Bah, pourquoi pas ? »

Ils passèrent dans le salon et M. Steward prit place dans le fauteuil de Norma. Il plongea une main dans une poche intérieure et en retira une petite enveloppe cachetée. « Il y a là une clé permettant d'enlever le capuchon qui protège le bouton de sonnette. » Il posa l'enveloppe sur la petite table voisine. « Ce bouton est relié à notre bureau.

– Pour quoi faire ? demanda Arthur.

– Si vous appuyez sur le bouton, quelque part dans le monde, quelqu'un que vous ne connaissez pas mourra. Moyennant quoi vous recevrez cinquante mille dollars. »

Les yeux écarquillés, Norma dévisagea le petit homme. Il souriait.

« Qu'est-ce que c'est que cette histoire ? » articula Arthur.

L'autre eut l'air surpris. « Je viens de vous l'expliquer.

– C'est une mauvaise blague ?

– Absolument pas. C'est une offre tout ce qu'il y a de sérieux.

– Mais ça n'a pas de sens ! Vous voudriez nous faire croire…

– Qui représentez-vous ? » demanda Norma.

M. Steward manifesta un certain embarras. « Je regrette, mais je n'ai pas le droit de vous le dire. Néanmoins, je vous assure que notre organisation est d'une envergure internationale.

– Je pense que vous feriez bien de partir », dit Arthur en se levant.

M. Steward l'imita. « Pas de problème.

– Et de remporter votre truc.

– Êtes-vous certain de ne pas vouloir vous accorder un jour ou deux pour réfléchir ? »

Arthur ramassa la boîte et l'enveloppe et les fourra dans les mains de M. Steward. Puis il se rendit dans le vestibule et ouvrit la porte.

« Je vais vous laisser ma carte. » Et M. Steward de déposer le bristol sur le guéridon de l'entrée.

Quand il fut sorti, Arthur déchira la carte en deux et jeta les morceaux sur la petite table. « Bon Dieu ! » souffla-t-il.

Norma était toujours assise sur le canapé. « Qu'est-ce que c'est que ce truc, à ton avis ?

– C'est le cadet de mes soucis. »

Elle s'efforça de sourire, mais sans succès. « Ça ne t'inspire aucune curiosité ? »

Il secoua la tête. « Non. »

Une fois qu'Arthur eut repris son livre, Norma retourna à la cuisine finir la vaisselle.

« Pourquoi tu ne veux pas en parler ? » demanda-t-elle un peu plus tard.

Arthur, qui se brossait les dents, leva les yeux et regarda le reflet de sa femme dans le miroir de la salle de bains.

« Ça ne t'intrigue donc pas ?

– Ça me choque.

– Je sais, mais… » Norma se plaça un bigoudi de plus dans les cheveux. « Ça ne t'intrigue pas quand même ? » Et comme ils passaient dans leur chambre, elle ajouta : « Tu crois que c'est une mauvaise blague ?

– Si c'en est une, elle est vraiment sinistre. »

Norma s'assit sur le lit et retira ses mules. « C'est peut-être une espèce de sondage d'opinion. »

Arthur haussa les épaules. « Peut-être.

– Ou alors l'idée de quelque milliardaire excentrique.

– Peut-être.

– Tu n'aimerais pas savoir ? »

Signe de dénégation d'Arthur.

« Pourquoi ?

– Parce que c'est immoral. »

Norma se glissa sous les couvertures. « Eh bien, moi, je trouve qu'il y a de quoi être intrigué. »

Arthur éteignit et se pencha pour l'embrasser. « Bonne nuit.

– Bonne nuit. » Elle lui tapota le dos.

Norma ferma les yeux. *Cinquante mille dollars*, songeait-elle.

Le lendemain, en quittant l'appartement, elle vit la carte déchirée sur le guéridon. Cédant à une impulsion, elle fourra les morceaux dans son sac. Puis elle ferma la porte à clé et rejoignit Arthur dans l'ascenseur.

Elle profita de sa pause-café pour récupérer les deux moitiés de bristol et en rapprocher les bords déchirés. Seuls le nom et le numéro de téléphone de M. Steward étaient imprimés sur la carte.

Après le déjeuner, elle en scotcha les deux moitiés. Pourquoi je fais ça ? se demanda-t-elle.

Peu avant cinq heures, elle composait le numéro.

« Bonjour », modula [1] la voix de M. Steward.

Norma faillit raccrocher, mais elle se domina et s'éclaircit la voix. « Ici, madame Lewis.

1. ***Modula*** : articula.

– Oui, madame Lewis. » Steward paraissait enchanté.

« Je suis curieuse.

– C'est tout naturel.

– Non que je croie un mot de ce que vous nous avez raconté.

– C'est pourtant la vérité.

– Enfin, bref… » Norma déglutit. « Quand vous disiez que quelqu'un sur terre mourrait, qu'entendiez-vous par là ?

– Cela même. Ça peut être n'importe qui. Tout ce que nous garantissons, c'est que c'est quelqu'un que vous ne connaîtrez pas. Et aussi, bien sûr, que vous n'aurez pas à assister à sa mort.

– Pour cinquante mille dollars.

– Exactement. »

Elle eut un petit rire moqueur. « C'est complètement délirant.

– Ce n'en est pas moins la proposition que nous vous faisons. Voulez-vous que je vous retourne la boîte ? »

Norma se raidit. « Certainement pas. » Elle raccrocha d'un geste rageur.

Le paquet reposait devant la porte. Norma le vit en sortant de l'ascenseur. Quel toupet ! songea-t-elle. Elle lança un regard noir au carton tout en tournant la clé dans la serrure. Elle entra et entreprit de préparer le dîner.

Plus tard, son verre à la main, elle se rendit dans le vestibule. Entrebâillant la porte, elle ramassa le paquet, puis revint dans la cuisine, où elle le posa sur la table.

Elle alla s'asseoir dans le salon pour y déguster son apéritif tout en regardant par la fenêtre. Un moment après, elle regagna la cuisine pour retourner les côtelettes. Elle rangea le paquet dans un bas de placard. Elle s'en débarrasserait dès le lendemain matin.

« C'est peut-être un milliardaire qui cherche à s'amuser », dit-elle.

Arthur leva les yeux de son assiette. « Je ne te comprends pas.

– Qu'est-ce qu'il y a là-dessous ?

– Laisse tomber. »

Norma se remit à manger en silence. Soudain, elle reposa sa fourchette. « Et si c'était une offre sérieuse ? »

Arthur la dévisagea.

« Oui, si c'était une offre sérieuse ?

– Bon, admettons ! » Il n'avait pas l'air d'y croire. « Que ferais-tu ? Tu reprendrais cette boîte et appuierais sur le bouton ? Pour assassiner quelqu'un ? »

Norma prit un air offusqué. « Assassiner !

– Comment veux-tu appeler ça ?

– Mais si on ne connaît pas la personne ? »

Arthur en resta abasourdi. « Es-tu en train de dire ce que je crois comprendre ?

– S'il s'agit d'un vieux paysan chinois à quinze mille kilomètres d'ici ? D'un Congolais rongé par la maladie ?

– Pourquoi pas d'un bébé de Pennsylvanie ? contra Arthur. Ou d'une adorable petite fille de l'immeuble d'à côté ?

– Là, tu pousses un peu.

– Comprends où je veux en venir, Norma. Peu importe de *qui* tu causes la mort. Ça reste un meurtre.

– Où je veux en venir, moi, c'est que s'il s'agit de quelqu'un que tu n'as jamais vu de ta vie et ne verras jamais, quelqu'un dont tu n'auras même pas besoin de savoir dans quelles circonstances il a trouvé la mort, tu refuseras quand même d'appuyer sur le bouton ? »

Arthur fixa sur elle un regard effaré. « Tu veux dirc que toi, tu n'hésiterais pas ?

– Cinquante mille dollars, Arthur.

– Qu'est-ce que le montant a…

– Cinquante mille dollars, Arthur, interrompit Norma. L'occasion de faire ce voyage en Europe dont nous avons toujours parlé.

– Norma !

– L'occasion d'acheter ce pavillon à Long Island.

– Non, Norma. » Arthur était livide[1]. « Pour l'amour de Dieu, non ! »

---

1. ***Livide*** : très pâle.

Elle frissonna. « Ça va, ne t'énerve pas. Pourquoi tu te mets dans tous tes états ? C'est juste histoire de parler. »

Après dîner, Arthur passa dans le salon. Avant de quitter la table, il déclara : « Je préférerais ne plus discuter de ça, si ça ne te fait rien. »

Norma haussa les épaules. « Pas de problème. »

Elle se leva plus tôt que d'habitude pour confectionner des crêpes et des œufs au bacon à l'intention d'Arthur.

« En quel honneur ? demanda-t-il avec un sourire.

– En l'honneur de rien. » Norma semblait piquée au vif. « J'en ai eu envie, c'est tout.

– Bonne idée. Tu m'en vois ravi. »

Elle lui remplit de nouveau sa tasse. « Je voulais te montrer que je ne suis pas… » Elle haussa les épaules.

« Pas quoi ?

– Égoïste.

– Ai-je dit que tu l'étais ?

– Eh bien… » Geste vague de la main. « … hier soir… »

Arthur resta muet.

« Toute cette discussion à propos du bouton. Je crois que… eh bien, que tu m'as mal comprise.

– Comment cela ? » Le ton était méfiant.

« Je crois que tu as eu le sentiment… » Nouveau geste vague. « … que je ne pensais qu'à moi.

– Ah bon.

– Ce qui est faux.

– Norma !

– Oui, c'est faux. Quand j'ai parlé de l'Europe, d'un pavillon à Long Island…

– Norma ! Pourquoi attacher tant d'importance à cette histoire ?

– Je n'y attache pas d'importance. » Elle inspira par saccades. « J'essaie simplement de te faire comprendre que…

– Que quoi ?

– Que j'aimerais qu'*on* aille en Europe. Qu'*on* ait un plus bel appartement, de plus beaux meubles, de plus beaux vêtements. Qu'*on* ait un enfant, pour tout te dire.

– Nous aurons tout ça, Norma.

– Quand ? »

Il fixa sur elle un regard empli de désarroi. « Norma…

– Quand ?

– Est-ce que… » Il eut un léger mouvement de recul. « Est-ce que tu veux dire…

– Je dis qu'ils font sans doute ça dans le cadre d'une enquête ! coupa-t-elle. Ils veulent savoir ce que ferait la moyenne des gens dans une telle situation ! Ils prétendent que quelqu'un mourra uniquement pour étudier les réactions, pour voir si on ressentirait de la culpabilité, de l'angoisse, que sais-je ! Tu ne crois tout de même pas qu'ils iraient tuer quelqu'un, non ? »

Arthur resta muet. Elle vit ses mains trembler. Au bout d'un moment, il se leva et quitta la cuisine.

Il était déjà parti à son travail alors que Norma, toujours à table, contemplait son café. Je vais être en retard, se dit-elle. Elle haussa les épaules. Bah, quelle importance ? Sa place était chez elle, après tout, pas dans un bureau.

Elle était en train d'empiler la vaisselle dans l'évier quand elle se retourna brusquement, se sécha les mains et retira le paquet du bas de placard où elle l'avait rangé. L'ayant défait, elle posa la petite boîte sur la table. Elle resta un long moment à la regarder avant d'extraire la clé de son enveloppe et d'enlever le capuchon de verre. Elle n'arrivait pas à détacher les yeux du bouton. C'est vraiment ridicule, réfléchit-elle. Tant d'histoires pour une bêtise de bouton.

Elle tendit le doigt, appuya dessus. Pour nous deux, songea-t-elle rageusement.

Elle frémit. La machine était-elle en route ? Un frisson d'horreur la parcourut.

Un moment plus tard, c'était fini. Elle laissa échapper un gloussement de mépris. Ridicule, se dit-elle. Se monter ainsi la tête pour rien.

Elle venait juste de retourner les steaks du dîner et se préparait un autre verre quand le téléphone sonna. Elle décrocha.

« Allô ?

– Madame Lewis ?

– Oui ?

– Ici l'hôpital de Lennox Hill. »

Elle eut l'impression de basculer dans un cauchemar quand la voix l'informa de l'accident survenu dans le métro. La cohue sur le quai, Arthur précipité sur la voie à l'instant où une rame arrivait. Elle avait conscience de secouer la tête sans être pour autant capable de s'arrêter.

Aussitôt après avoir raccroché, elle se rappela l'assurance-vie souscrite par Arthur : une prime de 25 000 dollars, avec une clause de double indemnité en cas de…

« Non. » Elle n'arrivait plus à respirer. Elle se hissa péniblement sur ses pieds et, comme une somnambule, regagna la cuisine. Une chape de glace lui comprima le crâne quand elle se baissa pour retirer la boîte de la poubelle. Elle ne comportait ni clous, ni vis. Impossible de comprendre comment on avait pu l'assembler.

Brusquement, elle se mit à la cogner contre le rebord de l'évier, de plus en plus fort, jusqu'à ce que le bois éclate. Elle en dissocia les faces, insensible aux coupures qu'elle se faisait. La boîte ne contenait ni transistors, ni fils, ni tubes. Elle était vide.

Elle se retourna en étouffant un cri quand le téléphone sonna. Elle chaloupa [1] jusqu'au salon et souleva le combiné.

« Madame Lewis ? »

Non, ça ne pouvait pas être sa voix qui hurlait de la sorte en réponse à la question de M. Steward. « *Vous m'aviez dit que je ne connaîtrais pas la personne qui devait mourir !*

– Mais, chère madame, entendit-elle dire à l'autre bout du fil, êtes-vous vraiment sûre que vous connaissiez votre mari ? »

1. ***Chaloupa*** : marcha difficilement, en ne suivant pas une ligne droite.

DOSSIER

- Les intrigues des nouvelles
- Des motifs fantastiques revisités
- Un univers réaliste, des objets familiers
- Des phénomènes étranges
- À vos plumes !
- Prolonger la lecture

Les intrigues des nouvelles

« Au bord du précipice »

Marshall explique son dédoublement :

A. par la sorcellerie
B. par la fatigue
C. par l'existence d'un univers parallèle

Après le coup de téléphone, sa femme lui demande :

A. « Qui êtes-vous ? »
B. « Qui était au bout du fil ? »
C. « Est-ce une plaisanterie ? »

« Appel longue distance »

L'aventure de Miss Elva Keene :

A. commence un matin d'hiver
B. commence une nuit de tempête
C. commence lors d'un dîner

Le fil rompu de la ligne téléphonique est tombé :

A. sur le sol du cimetière
B. sur le toit du presbytère
C. dans un bois

« Paille humide »

Le veuf est fasciné par un tableau représentant :

A. une nature morte
B. un portrait
C. une grange dans une vallée

Quand on retrouve le corps du veuf :

A. il y manque la tête
B. il y manque un bras
C. il est intact

« J'veux voir le Père Noël »

Ken veut supprimer sa femme :

A. par jalousie
B. pour vivre avec sa maîtresse
C. pour toucher l'assurance-vie

Quand il revient au parking :

A. il retrouve sa femme morte
B. il retrouve sa femme en vie
C. il ne retrouve pas sa femme

« Le jeu du bouton »

Le jeu du bouton consiste à :

A. tuer quelqu'un
B. faire exploser quelque chose
C. déclencher une sonnerie

À la fin de la nouvelle, le démarcheur « reproche » à Norma :

A. d'avoir appuyé sur le bouton
B. d'avoir jeté la boîte
C. de ne pas connaître son mari

Des motifs fantastiques revisités

Les nouvelles de Matheson reprennent des motifs traditionnels du genre fantastique en les renouvelant. Retrouvez-les en vous aidant des définitions suivantes :

1. Un des plus célèbres est celui de Canterville, imaginé par Oscar Wilde.
2. Une sorte de zombie, en deux mots.
3. Trouble psychologique qui affecte de nombreux héros de Matheson.
4. Phénomène étrange où « je est un autre ».
5. Sortilège, mauvais sort.

Un univers réaliste, des objets familiers

Les nouvelles de ce volume sont ancrées dans un univers réaliste, celui de l'Amérique des années 1950, ce qui favorise l'adhésion du lecteur à chacune des histoires. Les objets décrits ou évoqués participent donc à la représentation d'un environnement connu, aisément identifiable. Mais certains d'entre eux relèvent aussi du fantastique – c'est par leur intermédiaire que l'étrange se produit –, redoublant le trouble du lecteur : des éléments anodins, qui appartiennent au quotidien et dont une représentation réaliste a été donnée, prennent soudain une dimension inquiétante. Attribuez à chacun des personnages mentionnés ci-après un objet déterminant de son histoire et précisez quelle est sa fonction (est-il ou non simplement un motif parmi d'autres d'un univers réaliste ?) :

Miss Elva Keene •	• Une clé
Norma Lewis •	• Un téléphone
Donald Marshall •	• Un morceau de verre
John, le veuf •	• Une petite boîte en bois
Ken, le père de Richard •	• Un téléphone

Cette petite boîte en bois qui provoque la mort

Un telephone qui averti du retard de son mari alors qui l'est en face d'elle

la clé provoque la

Des phénomènes étranges

Le propre du fantastique est de faire coexister, pour un même phénomène étrange, deux explications possibles : l'une est rationnelle, l'autre non. Quatre des nouvelles de ce volume répondent à cette définition du fantastique, exploitent cette ambiguïté. Complétez le tableau suivant en indiquant, chaque fois que cela est possible, des explications logiques et des explications d'ordre surnaturel aux événements étranges mentionnés. En dernier lieu, déterminez quelle interprétation surnaturelle est susceptible de fonctionner dans l'ensemble des récits.

Nouvelles	Événements étranges, inattendus	Explications rationnelles	Explications surnaturelles
« Au bord du précipice »	Donald Marshall dit ne pas connaître Arthur Nolan mais ce dernier soutient le contraire et le prouve.		
	La femme de Donald reçoit en présence de ce dernier un coup de téléphone de son mari l'informant de son retard.		
« Paille humide »	John, le veuf, se retrouve dans une grange.		
	John entend une voix qui l'appelle.		
	John ressent une brûlure au poignet.		
	On retrouve le corps de John sans tête.		
« Appel longue distance »	Miss Elva Keene reçoit un appel provenant d'une ligne en dérangement.		
« J'veux voir le Père Noël »	Ken retrouve sa femme en vie sur le parking.		
« Le jeu du bouton »	La pression sur le bouton provoque la mort de quelqu'un.		
	Le mari de Norma Lewis décède dans un accident.		

À vos plumes !

À votre tour, rédigez une nouvelle en respectant les consignes suivantes :

– ancrez votre récit dans la réalité quotidienne et actuelle ;
– choisissez un personnage marqué par la solitude et manifestant des tendances paranoïaques ;
– faites intervenir un ou plusieurs événements étranges ;
– racontez en adoptant le point de vue du personnage ;
– laissez subsister une hésitation entre une explication rationnelle du phénomène étrange et une autre surnaturelle ;
– soignez la chute de l'histoire.

Prolonger la lecture

A. Les nouvelles

Enfer sur mesure et autres nouvelles, GF-Flammarion, coll. « Étonnants classiques », 2004.

L'intégralité des nouvelles de Matheson, traduites par J. Chambon et H. Collon, a été publiée chez Flammarion dans la collection « Imagine » :

Derrière l'écran, t. I, 1999.

Intrusion, t. II, 1999.

La Poupée à tout faire, t. III, 2000.

Le Pays de l'ombre, t. IV, 2000.

La Touche finale, t. V, 2001.

B. Les romans

Jour de fureur [1953], trad. F.M. Watkins, Gallimard, coll. « Série noire », 1996.

Les Seins de glace [1953], trad. F.M. Watkins, Gallimard, coll. « Folio », 1990.

Je suis une légende [1954], trad. N. Serval, Gallimard, coll. « Folio SF », 2001.

L'homme qui rétrécit [1956], trad. J. Chambon et Cl. Elsen, Gallimard, coll. « Folio SF », 2000.

Échos [1958], trad. J.-P. Gratias, Rivages, coll. « Rivages-Noir », 1995.

De la part des copains [1959], trad. B. Martin, Gallimard, coll. « Carré noir », 1982.

La Maison des damnés [1971], trad. P. Remaux, J'ai lu, coll. « Science-fiction », 2000.

Le Jeune Homme, la mort et le temps [1975], trad. J. Chambon et Cl. Elsen, Gallimard, coll. « Folio SF », 2001.

Au-delà de nos rêves [1978], trad. H. Collon, J'ai lu, 2001.

Otage de la nuit [1989], trad. A. Dorémieux, Denoël, coll. « Présence du fantastique », 1990.

À sept pas de minuit [1993], trad. H. Collon, Denoël, coll. « Présences », 1995.

C. Les séries télévisées

La Quatrième Dimension.

Star Trek.

Dossiers brûlants.

Night Gallery.

Thriller.

D. Les adaptations cinématographiques des romans de Matheson

L'homme qui rétrécit, de Jack Arnold, 1957.

The last man on earth, de Sidney Salkow, 1964 [adaptation du roman *Je suis une légende*].

De la part des copains, de Terence Young, 1970.

Le Survivant, de Boris Sagal, 1971 [adaptation du roman *Je suis une légende*].

La Maison des damnés, de John Hough, 1973.

Les Seins de glace, de Georges Lautner, 1974.

Quelque part dans le temps, de Jeannot Szwarc, 1979 [adaptation du roman *Le Jeune Homme, la mort et le temps*].

The Incredible Shrinking Woman, de Joel Schumacher, 1981 [hommage au film de Jack Arnold, *L'homme qui rétrécit*].

Hypnose, de David Koepp, 1999 [adaptation du roman *Échos*].

Création maquette intérieure :
Sarbacane Design.

Composition : IGS-CP.
N° d'édition : L.01EHRN000146.C003
Dépôt légal : septembre 2007
Imprimé en Espagne par Novoprint